U0897046

关于教育、记忆与哲思的笔记

哈扎拉尔的微笑

HAZHALAER

D E

WEIXIAO

张文质 著

天津社会科学院出版社

图书在版编目（CIP）数据

哈扎拉尔的微笑 / 张文质著．- -天津：天津社会科学院出版社，2018.5
ISBN 978-7-5563-0470-7

Ⅰ.①哈… Ⅱ.①张… Ⅲ.①读书笔记-中国-现代 Ⅳ.①G792

中国版本图书馆 CIP 数据核字（2018）第 105091 号

出版发行：天津社会科学院出版社
出 版 人：张 博
地　　址：天津市南开区迎水道 7 号
邮　　编：300191
电话/传真：（022）23360165（总编室）
（022）23075303（发行科）
网　　址：www.tass-tj.org.cn
印　　刷：北京建宏印刷有限公司

开　　本：787 mm×1092 mm　1/32
印　　张：6.75
字　　数：94 千字
版　　次：2018 年 5 月第 1 版　2018 年 5 月第 1 次印刷
定　　价：58.00 元

目 录

启　幕

《哈扎拉尔的微笑》一书已酝酿多年。我记得好几年前我就在博客上写过这样的文字:大家看到我的博客中有个人物叫"哈扎拉尔"很好奇,纷纷上网寻找。办公室的小朱也告诉我,她上网却找不到"哈扎拉尔"。我说我知道她为什么找不到,因为她上网时把"哈扎拉尔"打成了"哈拉扎尔",它们是如此之像,出差错也是难免的。

不过让我惊讶的却是,她在我提醒之后再上网,查到的居然是:"哈扎拉尔是一只魔兽,在游戏世界中有属于它的帝国。"

我一直以为哈扎拉尔是我寻找的一个人物。说到他的出处，我首先要说他是我头脑中冒出来的，不过这一冒，却又不是凭空而生的，我承认《哈扎尔辞典》，对我构成了巨大的影响，这是所有命名常见的一种影响形态，当你为自己的一闪念自鸣得意之时，其实你不过是个文化波动的受益者。至于那款网络游戏为何也以“哈扎拉尔”命名，源出何处，我就无从查考了。

现在要说的更重要的是，《哈扎拉尔的微笑》是一本幻想与冥思之书。他对教育、生活，人的存在，对我们世界中所有不安宁的因子，对可能更好的但始终不会到来的未来，都有自己零散、“不及物”的思辨，哈扎拉尔就是好奇心的代名词，他不寻求答案，也不期许把所思所念进行得更为透彻，他以短句的方式让自己承受更多震颤的快乐。

人类一思考，上帝就发笑。

哈扎拉尔一思考，他自己就发笑。

第一章　众花之唇

哈扎拉尔说，所有的写作都属于信赖。

我有一种属于自己晚年的快乐。晚景、晚词、晚念？对生命的必然性，做一个有足够耐心的倾听者？

即使有很长时间我不知从何处下笔，我也总是有自己的办法——古老的办法：静默。“我的诗歌也是静默的一部分”，这样的思考会让我获得一种放松——比如，只要秋意变得更为真切，说得实在点，就是你可以二十四小时都生活在自然的空气之中，我就会忍不住下笔的冲动，年年我都会为此夸张地说，我从夏天的残酷中活过来了。

活过来是从一首诗开始的。

哈扎拉尔说，我的热情适于浅淡的诗行。

浅到几乎用不着任何的修饰与隐喻。

哈扎拉尔说，绝望常常源于你无法回到对文学和历史的阅读。“没有什么误解绝不可能得到修正、改进或颠覆”，阅读做的其实就是这样的工作。

哈扎拉尔说，根据瓦尔特·本雅明的观察：每一种文明的文献记录，也都是野蛮状态的文献记录。

有时，就是这样一句话翻转了我们所看到的一切。

哈扎拉尔说，我希望我的生命能够证明自由——闲散之重要，这种重要性在我这里不是表明我创造了多少有意义的东西，而是，它使我更有可能活成了“我自己”，哪怕愚钝、浅薄、百无聊赖，我的生命仍然能够较为“无毒”“无害”与“安详”“从容”——我写这个句子，是因为突然想到如果没有奥斯维辛，大概就不会有保罗·策兰这样伟大而又绝望的诗人，在强权和野蛮的土壤中常常造就（诞生）深刻、“病态”的艺术，而过于宁静、圆满的生活，则免不了使人昏昏欲睡，某些作家即使获得了诺贝尔文学奖这样的荣誉，他也实在没有提供多少“令人战栗”与惊讶的经验，我读特朗斯特罗姆的诗的感受，大体就是如此。可是，他的生活本身与他所在的那个国度，却仍然是让人向往的，这仅仅是我的一种“偏见”吗。也可能这样的腔调在今天又有了另一种意味。而我越是被保罗·策兰所吸引，我就越明白这是一种战栗到极致的快乐……

哈扎拉尔说，我并不为阐明什么而写作。现在我的写作也不是为了对抗遗忘，我习惯自言自语。我常常因为从阅读中得到了启发，觉得非记下什么不可，才开始动手的。一个人的阅读“越来越仔细，越来越专注，越来越广泛”，大概就会“越来越有接受力和抵抗力”，这是人文素养的最基本训练——这些观点来自萨义德。

每个有长久阅读习惯的人大概都会对此产生共鸣。

哈扎拉尔说，有一个人可以模仿所有人的声音，有人问他是否能够模仿自己的声音？他回答说，不能。

在不同的时刻，读不同的人。

哈扎拉尔说：我记不得是哪个诗人说过：当我在家时，我整个生命都充溢着对家的怀念。这是居家的诗篇，也是我乐于听到的。

说出来，你的家
当它还在那里。

哈扎拉尔说，像我现在这样，越来越多的文字仅仅出自于一种心境，也就是我用什么样的眼看世界，写出来的就是什么模样，情绪支配的文字，总包含着游戏的意味。

不过，这就是我的状态，生活反转过来就是一种安慰。

为了避免继续说下去，文字会变得更为空洞无物，杂乱不堪，我大概应该就此打住。

哈扎拉尔说，我更像是为这些随手写下的诗句，而随手写了一些零散的与之相对应的句子。而另一种说法则是所有的文字都看得出心性，血气，生命到底有怎样的柔韧与开阔度。

在我的文字中已经充斥着常见的、平凡的组词。正在奄奄一息。我已经习惯却并不喜欢这样的状态。

现在我让这些文字赋予了自己生命。

萨义德说，在维柯的个人词汇里，“诗意”一词意味着古朴和粗野，生动活泼，具有真正的创造力，因为早期的人类不会理性思考，只会幻想，带着漫不经心而令人迷恋的安逸。（你读读就会明白，这样的句子动人心魄。）

我倒是愿意单取对“诗意”如此古朴而又迷人的解读，带上我对于自己完全丧失了再创造能力而产生的恐惧感，依偎在日甚一日对退休或老年生活的向往之中，说是向往，其实就是某种惰性已经控制了我，我是乐于承受这样由来已久的自我暗示的。

每个人，大概都会经历自己的充满创造热情的“巨人与英雄时代”，但是，我一直就是一个慢热的人，我时常觉得自己过于平静了，无论遇上怎样的时局、境遇，想必都只能有一个同样的我。这样的生活与诗意并无什么关联。

不过有时候，这样的平静也会被当作诗意的一种。这是忙碌、进取、渴望得到一切的时代，那些停下来的人，动得比较慢的人，常常也会散发出一点儿不一样的光泽，偶尔会被人赞扬一下。

但笼统地说，我实在有太多为生计一日忙到晚的朋友，每想到他们，我就会颇为自己多出来的一点闲情感到不安。“这样的生活大概也是不应该的”，因为我并不认为即使经过了我困难而艰苦的“抉择”而日渐形成的自己的生活样态，到底是否适合，这样的念头，往往也会使人不快乐。

但是那些自由的诗篇呢？

诗并不在远处发着光
诗是你能够看见的一切
是你能够看见的一切中

另外透出的光泽

哈扎拉尔说：我常常挂念的那个人，看来病得有点厉害了。每周我都会给他打一两次电话，当然不是直接冲着他的身体去的，我会先和他说一些事，反正我们总是有些事情要交谈，然后，再比较“自然”地问候到他的身体。说实在，城市已经下很多天的雨了，潮湿而又寒冷，我想过去，这样的天气对他也是格外不好的。

今天他告诉我，嘴不知道为什么肿了，“可能是药吃多了”，我询问吃饭怎么办，他说还有半边牙齿能咬得动。

以前我总相信他的病是无大碍的，说到他的病还会开些不重的玩笑，现在我不敢再这样。

生病的人，也是近乎不存在
他只爱恋床榻
他以为没有人能够发现他
他躺着，没有影子

哈扎拉尔说，我正在读《追忆逝水年华》，今年我发了愿，要像完成一件任务一样把它读完。我还愿意这是一种微薄的虚荣心，“我总算把厚厚的七卷本读完了。”现在我一边读，一边想着的就是“这样写作的耐心本身近乎是个奇迹”。

我的朋友不像普鲁斯特这样好命，出身于殷实之家，父母都有良好的教养，“爱在床上躺多久，就躺多久”，“爱在床上写什么就写什么”，反正天天有人侍候着。

尽管他同样有着惊人的才华、耐心与专注，现在我只要想到他要独自面对着自己的疾病与日常起居，便要心生出很多不安。

我也想写些柔软的诗句
那些低到尘土的声音
每天二十四小时，每天
每一句都为一个人
无用的祈祷
零零碎碎的停顿

用上已经过时的听力

哈扎拉尔说:我已在自己的文章中无数次写到自己的乡下,自己的家,每写一次我都好像又对大地发出了一声默默的请求,我愿所谓的“老家”能够一直保留它现在的样子。

年初时,父亲和我谈了一件事,就是他越来越老了,希望我和弟弟、妹妹办一个简单的协议,事关“我们不在以后,你们兄弟怎么使用这个房子”。年过完后,有一天母亲又和我说了另一个事,“爸爸叫我跟你说,以后不要再骂某某了。”母亲说时,竟是一脸的歉意。

这大概是他们当时最想和我说的事。尤其是后一件,我听完,心里还是“咯噔”一下,我明白自己确实给父母添加很大的不安了。这一切肯定源于我心里总会有“盲目”的冲动,我的“一念之差”常常是某种可怕的决绝,“自从我失去了自由,我才赢得自己的自由”,这样想着心也像被老鼠咬过一般。

年迈的父母大概读懂了我的危险所在。

我看见我的爱
像自由一样播洒十六岁的光泽
在不幸的夜里，我的幸运
无须证明
它把自己钉上了木头架
它在奔跑的身体里
它从奔跑中移开
窃窃私语
它是尘埃，被自己所吸引
又如小小擦痕布满
你握在手中的银币

这些年来，大概我时断时续的抑郁、惊恐不安的缘由只与我的自我缠绕有关——我总是说：我无法背离乡愁。又会说，当我不能控制自己时，怨恨的也都是我自己。

我时常就是两个自己。它们时而相向而行，时而又相互背离。

我怜惜自己的文字
如同风中遗书
最终落在尘埃之手
字迹淡漠，是因为在水中洗过

哈扎拉尔说，一个躺在医院里的熟人，谢绝了所有人的探访，他传出话：你就当我已经往生，现在就可以悼念了。

下午我听到真实的消息，他已在今天凌晨三点辞世，之前经过多次手术，最后仍然死于胆囊癌。

真实的生活与虚构并无什么区别。虚构改变了我们的生活，我们的生活就是虚构的一部分。

哈扎拉尔说，有个远方的朋友很诚恳地对我说，所有的文字都是不可信的，因为只有在文本中它才真的存在，你不能到文本之外去找寻它的踪迹——它写出来是为了在纸上就死去。

他接着又说，当那个装着必须让众人仰望的人，开始说出一些人话时，自然是值得为他高兴的，因为他缩短了和我们的实际距离，他脸上的褐斑、皱褶、浮肉，现在都更真实一些。

赫塔·米勒在她的书中大概是引用了谁的一句话，现在我把它抄在这里：从前面看，天堂的门是锁着的，而我们必须踏上环球之旅，看看也许后边什么地方还有开着的门。

哈扎拉尔说，现在我接着思考另一个问题。

不是孤独求败。而是一条必然失败的路已横阻在我的面前，越是众声喧哗，你越可以把这条路看得真切。

这是很长时间我经常想到的。

现在我则明白，所谓的“失败”其实也与我无关。我生命中的一切无关乎这样的评判，当你不管有意还是无意把自己划到失败者这一边时，你仍然被并不从容的、乡愿的荣耀心所羁绊。过多的自我同情，把一个人规囿在窄狭的视域之中，自怨自艾则使人充满矛盾、丧失向前行走的冲动，同时更习惯于把冷嘲热讽变成了对偏狭的理解力的一种辩护。保持心性、热情、对自己所从事的工作的客观态度之间统一而有尊严的肯定，才可能使一个人继续因为使命感而生活，这样的使命感本身就是一种存在的意义，“我是怀着信仰的无神论者”，生命常常在“动态变形”中，最终形成自己。

哈扎拉尔说，可以用上一种简单的描述，无数的灵魂都在“崇高与恐惧、信念与怀疑、勇敢与溃败之间”摇摆，这样的“冲突”，不确定，或者本质上懦弱的风格，恰恰正是一种“凡人”共有的特征。无法心安，总是喋喋不休地回望自己，是命运投在凡人身上卑俗而又热闹的光圈。我们每一个人——被剪掉翅膀、失去神奇性、生活在俗务中的“反向超人”将从这一标示性印记中学会自我接纳和自我认同。

哈扎拉尔说，弗洛伊德有个论断——生物性即是命运。这个“生物性”到底意味着什么呢？我的理解至少包含了以下这些元素：

1)生命孕育是不可逆转的必然性按钮的启动；

2)受物质性生存条件的支配；

3)生存必然要经过顺序大致固定的生命阶段；

4)无法超越自身而生存；

5)个体之间的差异是天然存在的；

6)要面对所有生物的困境：走投无路(除了最后的死亡，没有其他的路可走)。

这些思考还可以这样表达：

人每天怎么都会有一种正在赶路的感觉呢，这不奇怪，人一生都会有这种感觉，因为人最主要的工作都与"生命的生物性"有关，这像是一个多余的语意重复的句子，说的却是最重要的事实：生命是有方向的，就是从生到死，生命是有长度的，不是不断延续的。谁都不可能长生不老。生命会生长，但是朝着自己的"规定性"生长，人要长成人的"样子"，人是什么样子也是"规定"好的，常态的情况下，他不可能变成另外的不是人的样子，所以我们才会感受到人的相似、相像、相同，才有人之常情，人之常理。人的成长同时还是有规律的，是从“1”中不断“长大”的，一步一步的长大，却始终都在这个“1”之中，也就是在他的潜在可能性中，怎么努力也就是把这个“1”长得更好，要想使他变成别的，则是妄想、也是有害的。此外还要看到，从生命诞生开始，这个“人”的生长就是内在性的生长，需要很多的帮助和照料，人长得“好坏”也与这些帮助与照料有关。人的这个“1”首先还在于所有人都来自于自己的父母，来自于遗传，生命就处于生生不息的大循环中，所有人身上都有自己天然的与别人不同的独特性，这样的独特性内在的决定了一个人“已经是”以及“将要长成的”是什么样的人，这一切不是什么秘密，却又是生命最重要的真相之一。探究生命这样的真相，才能帮助生命得到更好地成长。而弗洛伊德则把人生命的“生物性”称之为命运。

哈扎拉尔说，我的精神性念想是个游牧民族，我在自己的疆域天马行空——这也是一种顽固的辩解方式，我醉心于无所作为，我把游手好闲看作新的生活艺术。但很长时间，这个游手好闲在我这里，指的都是阅读、思想和信手涂鸦。我并非渴望着智力上胜人一筹，或是通过某些文字证明自己活着的价值，我的私心只在于，我希望因为这一切暗中发展属于自己的无害的“演艺人格”，不断翻转着自己作为表演者与观看者的角色轮换。大概我生在了一个合适的年代，我只费了一点心事，就退隐成另外一个人，一个失去事功企图的人。

这样你才能什么都可以想，什么都可以放弃，沉着心用于无益无害的纸上生活。而一个人想明白这样小的事，至少都要花费上三十年。这一点当然是就我自己的人生而言。

时不时地，你信手翻阅，也就是为了收集一点点的见识。

不过，有时候你读一本书，怎么也读不明白，总好像一直随着作者布下的迷局一路涉险，越陷越深。就是这种情况下，也不必太着急，我惯常采取的方式，多是耐心读着一句又一句，甚至来回把某一个句子反复阅读，或许你读懂一句，你就靠近写作者一点点。

大江健三郎说还有一种办法，就是“先放上一段时间”，他说不仅读书这样，面对其他的人生难题也可以这样。

今天去思考社会问题，去寻找出路，大概也不妨“先放上一段时间”，不急于下结论，定要得出些看法。以一种更开放不预设结果的心情去生活，也是一件不坏的选择。

哈扎拉尔说，很多人到了晚年会选择回到故乡，至少要回到自己住得最久最喜爱的地方，有个大家习惯用的词语叫“叶落归根”，我到了中年以后才悟出来，这个词中既有精神所属，又包含着生理性的适应。一个人热爱故乡，热爱故乡的山川草木，饮食，气候，乡音，歌谣，几乎都是自然而然的事情。

这些年，我常会做些关于自己心脏骤停，“这下真的死掉了”这一类的梦，醒来时既是庆幸，又感到深深的不安，对有的人在睡梦中猝死的情况也颇为留意，看过几次医生，他们都说我最好要做下二十四小时心电图，看看到底是怎么回事。

我住在离老家很近的地方，我也活到知天命的年龄，我还是不大明白，自己的既往生活到底有多少的意义能够构成继续活的动力。不过，更多的时候，这些并不是要用心想的问题，我还是希望继续做些事，在对“意义”自觉不自觉的探寻中，不知老之已至。

哈扎拉尔说，“寒冷会使人恋家”，我不记得哪一个诗人说过这样的话，就我所知，恋家其实是一件苦事。我对女儿的态度之一就是，努力使她不像我一样。她可以在世界任何一处安上她自己的家，只要她愿意。我愿意她为她所喜爱的世界接纳，无论她离我多远，我都深深地祝福属于她的那个世界。

我一直在自己的想象中探头瞻望不同的世界，我对未知的一切都有巨大的好奇心，我喜爱漫步在陌生的地方，我已经把祝福给了我女儿。

哈扎拉尔说，那些真正“属于你”的书，你不妨读上三遍或者五遍，甚至就像大江健三郎说的那样，“如果你认为那是一本好书的话，就请每隔一段时间温读一次吧！”

书如好友，书如美食，书也如自己的家，不妨一直住在那里。

现在我记忆力已明显衰退，这对读书也许反而是一件好事，有些书你可以一而再地读着，所有的幸福都是初始，都是活泼而新鲜的遇见。

如果我每次都问你叫什么名字，你不要以为这是故意不敬，对于遗忘，我身不由己。

如果我每次都像第一次见到你一样，也请你不要反感我的恭敬与好奇。

哈扎拉尔说，今天气温、阳光、天空的透明度都是很良善的提醒，说的是你的生活某些质量还过得去，不必对此再有什么抱怨。

我认同这样的看法。

不过，此后我又读到了勒内·夏尔的一句话："诗人不能长久地在语言的恒温层中逗留。他要想继续走自己的路，就应该在痛切的泪水中盘作一团。"

现在，我就是一个退缩者。

大概我已经畏惧了"痛切的泪水"，我只是自己经常默默地流泪。部分的原因，是因为我的眼睛也衰老了，装不住泪水。

哈扎拉尔说，有位友人问我忙些什么，我说在芒果和龙眼树间读书，思考。他说"在芒果和龙眼树间"这样的题目，写诗、作文都可以，而写读书笔记可能会更好。那么，我还是回到《斩首之邀》的阅读吧。只不过我暂时还没有要做任何阅读"感想"的念头。

哈扎拉尔说，我似乎不擅长连续说着一个故事，或者只是不擅长持续在某件事情上用心。这里我特别指的是，在写作这件事上，我喜欢跳来跳去，做着不同的尝试。

当我为某件事写写划划时，实际上我也已经开始盘算着另一件事。

哈扎拉尔说，当我想到自己的“活性”状态时，我很快又变成了一个宿命者——我生活在一个时间段落中，这一点很重要。人与人的相似主要在于时间是否重叠，人与人的差异，当然也源于生活时空之不同。所谓宿命，在这里说的也不过是人生命的大端一定是与这个时空的普遍命运关联在一起。我时常先从这里开始思考。

哈扎拉尔说，那天夜里你做了个梦——几乎都是田野、树林，一直走不到的某个目的地，一次重新进行的考试，十六岁之前大量生活的图景，变形。没有“新的”梦。你梦见自己做着稍加改变但已经梦见过的梦。“我曾经梦见过甜蜜，但已经在很久以前了，以至于我再也不能确认这件事。”没有什么梦值得被铭记，除了童年发烧时必定出现的天际飞行的梦，呼啸着一直穿行一直穿行，越来越玄越来越紧张——成年之后，我就再也没有回到这个梦中了。另一个梦事关恐惧，每次都出现在同一个地点，就是我睡觉房间的衣橱最右边最上方的格子，不能打开橱子的门，有个鬼像飞蛾一样不断地飞出来，我清清楚楚看见它对我眨眼睛，它是一个老小孩。好吧，就是今天，我仍然对说起这件事情缺乏热心，有时会觉得自己老太快了，还没有做够梦就老了。今天如果再做梦，几乎再也没有甜蜜过。一个好的童年，大概不是这样吧——它一定会把绚丽、各种妙趣延续到一生。只要你愿意就可以把曾经的梦重新召唤回来。

哈扎拉尔说，我能够送给你，也时常用来安慰、款待我自己，在虚无的文字中，你可以读出抑扬顿挫，也可以读得默无声息。

若是往回看，哪里能说清楚人生到底怎么回事。

哈扎拉尔说，盯着任何一件事反复地想，我就能理解死，理解一个人的自行了断，理解绝望和透彻如何充溢人的心灵，也能理解寻死的冲动怎样突然溢上心头，像爱德华·威尔逊所说：人类的第一个困境就是走投无路，人所有的选择都可以说具有某种已经"注定"了的因由，这不是"决定论"与"宿命论"，而是人活着有各种各样的困难与复杂，人在寻找勇气与出路，向世界向信仰寻找，又总是会回到自身来寻找，"有死的声音"不断地被我们自己听见。每个时刻人生都面临着无数的路，我们只能选一条，有时我们犹豫或贪恋着别的路，有时我们是决断地只选最后一条，这就是人类的第二困境，"如何选择"。因此，几乎不可避免的是，生命在不断地自我推进中是无比疼痛与撕裂的，生命的援手在哪里？

如果继续着写字，我想稍为停顿一下，其实我并不能对死说些什么。我说过的只是虚妄之词。

哈扎拉尔说，随着年龄的增长，我并不能摆脱自己的忧郁——我曾经期待它是一种能够自行治愈的轻度疾病，但事实远比"想象"要复杂。其实它既是无来由的，由某种节律支持的，又是"油然而生"——有的人还会奇怪地爱上自己的病，我并不明白自己是否也是如此。我常想一个人童年活得幸福、明媚，无心灵阴暗，这定是会绵延一生的至福，我无此福气，我已用心挤出晦暗和阴毒，仍然无法穷尽，我已用心培植从容、温和、宽厚的爱，广泛的责任感，但同样不能有效覆盖，蒙台梭利所谓童年的病往往难以治愈，在我这里同样得以应证。

上苍使人带着各自的缺陷与疾病过活，又赋予每一个人不同的觉悟和勇气。我努力在接纳与自我理解中做自己的"船夫"。

哈扎拉尔说，明确、用心地做一些自己喜爱的事，是一种活着的甜蜜，它就来自于自己身上。

误读

1

阅读乔治·阿甘本一无所获，我先写下这样一句武断的话。

阅读乔治·阿甘本是一种可怕的历险，书尚未合上之时，我的情绪已经是一种失败者的情绪。我阅读到哪里，我就从哪里退出，是为了遗忘，是体验不知所云，凌乱一片，然后才值得我思忖到底读到哪里了——每次合上书本时，我也不做上特别的记号，我就从我以为结束的地方再一次开始，结果我的阅读就变成了无数的重读，所谓的经典大概便是如此"无论从哪里打开，你都如同第一次阅读"。

我相信我终究能够收获我现在想说的"一无所获"：一些词语，一些句子复杂的写作技术，一些见识，可能构成的语言的氛围。一个被记取的名字：乔治·阿甘本。

他也造就了一定的困惑，很多时候我把自己放置在"业余者"状态中，我不常想到自己为何阅读，需要怎样的阅读，可是乔治·阿甘本，因为我只完成了对他名字的记忆，我不禁会问自己，你到底应该为什么而读呢？

2

有时我会在出门时带上乔治·阿甘本。把它放在一张小桌子。我读上一行。过了一会儿，再读上一行。

比如："恰恰相反，闲谈和真相之间存有一种特别的关系，它回避了证实和作假的问题，而是声称自己比记录事实更接近真相。”

“改名实现了由使徒清晰而坚决表明过的、决不妥协的弥赛亚法则，根据这条法则，在弥赛亚降临之时，软弱和卑微的事物会战胜世俗界以为强大和重要的东西。”

“这不是另一个样子或另一个世界：它是世界样子的消逝。”

……

困难不在于这些句子，不在于这些诗意与独断论。

其实……可能并没有什么困难。困难的是，这并不是“为写作而进行的阅读”，也不是通过阅读能够实现的“学问有所增长”。

阅读放下了学问与享乐，随心的行进。“能力是在人的软弱上显得完全”？

我先是写下了夸张的句子。而后把自己的情绪收束在简单的“所读皆所得”的反面：我只是读。

3

我不得不说，阅读仍然继续帮助我——我没有陷于绝望，主要原因就在于阅读使我成为见证者，记录者，保持异见的抵制者，我从无数具体的人性的经验中，相信了某些可靠的力量。

我也是始终“叹息着，忍受着”，一个微弱的体验者。消亡也是一种幸福。

有时，我觉得活着，是一种往回生长的状态，我每向前一天，我就往回活了一天，这样的生活帮助我逐渐理解了自己，也理解了所在的世界。

但是，我的世界总是一种凌乱。

4

梅特林克说：智慧——首先意味着学会幸福。

哈扎拉尔说，是否因为我记得自己灵魂滴滴答答的低语，我才开始继续写作——从无尽回旋中过滤、提纯、维护生命的存在，把每一天都变成忧心忡忡而又烁烁发亮的精神追寻？这一切即使是夸大之辞，我也仅仅告诉自己，并在纸上留下凌乱的痕迹——就是再凌乱，我仍然熟悉不过——有些卑微的声音，尤其适合手写，因为这样在静默之中，才是它本来的样子。

哈扎拉尔说，你已经得到优待，当你走在湿漉漉的榕树下。不是所有的地方都有榕树，但只要有榕树，一年之中它必定有很多时候是湿漉漉的。这是它的多情，甚至是色情的一部分，由它你会想到丰富、壮阔、强健、热情也是多好的啊。

只要一下雨，它悬挂着的气根就一定不分昼夜地生长，你一眼就能看出来，它末端浅黄的那部分，同时还有晶莹的水珠，一切都在一种神恩的生机中。

我喜欢不停地穿过这些浓郁，有时也长久驻足，我看到自由与自为，看到活力与神力。

哈扎拉尔说，今天在我的城市一直下着大雨，这样的雨已经下了很多天了。我突然便有了写自己句子的心思。

哈扎拉尔说，总有某些时刻，你像惊出了灵魂一样，或者如玛丽·奥利弗说的那样，恐惧，“把寒冷灌进我体内，惊醒了骨头”。

某些根深蒂固的沮丧往往是在年老体衰时才变得越为剧烈。

我在这样的情绪中自视生命的各种变化。我等待的不是解脱，而是越来越自然的顺从。

不过，你的生命如果毫无所为，说出来的话还是令人不安。

做一个沉思者，像是有意逃过了自己的忙碌。

哈扎拉尔说，最近重又思考所去何方，教育越来越成为我思想所在，而不是我要推动的工作。

当我在本子上写下“重新做成一个诗人”，我获得了一些快慰，微小的，自己传给自己的，就像我们有时反复说的一个词得到的快乐一样。

把某些文字逼近自己的洞穴。安静、凝神，枯坐。

你信赖它，就是因为它在别的地方再不必计较短长，我不过要把早已心许的话再认真地说一说。

哈扎拉尔说，谁是幸运的人？我常常想，如果我正处在他的位子上，我会怎样对待这样的生活？

一个人必须有诗，或者其他同样既可以称为“寄托”，又怎么都靠不住的某“精神物”。把希望称为绝望，仍然是一种希望，因为这个词已被说出。

我信笔直录。

哈扎拉尔说，当我说“我又可以写作了”时，其实我一直在写作，只不过我现在的想法是，把五十岁以后的时间更多的用于我的一生之爱，“诗歌”。这话说得夸张一些。薇依的话是这样的，“爱是我们贫贱的一种标志”“爱就是愿意分担不幸的被爱者的痛苦”。

哈扎拉尔说，只有那些弥漫的、暗示的，根本就无益却是新创的句子能带给我欢乐。荷尔德林说，“自古以来，诸神的语言就是暗示”。我把仿写的快乐留给了自己，以使入眠之前能有一种回到婴儿般的香甜，清晨又能在希望之中醒转，有件事催促着我，回到书桌前，我就知道自己仍是有用的。墨迹之间，欲言又止。

哈扎拉尔说，我的某种坏情绪已延续很久，有时我简直没办法。

如果说死亡，如果说拘役，如果说噤若寒蝉，如果说孤独，厌倦，疲乏，思念，衰老，无知——如果所有的词都是绵延，我只有一个词，一个属于"有生"之词：继续。

哈扎拉尔说，我有意回避可能最值得我思考的问题，不是说它重大，而是它就等着我去做。要去做，这一次你跑不了。我坐在桌前，我说的是客厅的餐桌，我把书写台改在这里，宽敞空间给人一种自由感，愉快的幻觉。我时常把读写的地点改来改去，每一次变动都会有不同的书写心情——尽管我所写的东西就是那个调调——属于有个人标记的"废言"。实在没办法，我不做这件事，就不得安宁，就无所事事。双手下垂，手足无措都不是我喜欢的感觉。

我几乎可以说我所喜欢的就是坐在家中的读与写。一本又一本无用之书，读过也就忘了，便于继续。我看不上不读书的人，这大概出于某种习惯，我放在心里暗暗想，和人相处时很少会说出来。同时，我害怕那些书读得特别厉害的人，尤其是他把读的书用于论辩之时，一是我若与人论辩，本来胆子就小，我担心伤害别人，更不愿自己受伤害，所以我宁愿沉默，甚至屈辱的沉默，也不愿把自己放在激烈的对质、对峙之中。我的城堡只有一面旗子，有时没有挂出来，挂出来时一定是那一面白旗，什么时候都显得苍白、理亏、一脸茫然。

哈扎拉尔说，散逸出现的句子其实不过是思想在半休眠状态下一个小小的钟摆，像艾基说的那样："孤独地：直到坍塌。"

哈扎拉尔说，这是一个富于自我同情的夜晚，夜很深了，我仍在阅读，我从一本书中找到这样的句子：你只是喜欢一个短暂的字眼，所以才乐于继续思考。这就是一天所获，这就是收获。

哈扎拉尔说，一个写作句子的人，把自己对人间复杂而矛盾的情感都耐心地托付在词语之中了。

无止息地给未知投出自己的信函。

哈扎拉尔说，意大利作家斯维沃在他的小说《齐诺的自白》曾道出某一个真相："一个人要死的时候，他忙得没有时间考虑死亡，整个机体都在奋力呼吸。"

哈扎拉尔说，一般情况下，我有三处写字的桌子：一处在乡下，不常用，最为安静；一处在家中，适于随手书，可能是我最喜欢的；还有一处，就是现在的办公室，在这里我总是要想到教育，无数重大的"命题"，工作的责任等等，一种"不由自主"的病。

哈扎拉尔说，试着离开自己，以一种成熟构筑平静。

原先我以为能够这样。但是越深入越不知所措。

哈扎拉尔说，我其实一直在给另一个自己寄去询问信。“最致命的打击是，我一直没有成为自己的对手。”“这样我再也不能成为‘单独’的一个人了。”

哈扎拉尔说，我热衷于不停息——没完没了地自看、回看。这样，生命的行动就散居在无数的句子中间，写过就是活过。

哈扎拉尔说，烦闷是一个贴切的词。对之进行疗救，大概写诗的方式仍是一种不错的选择。我也相信这样自律性的自我改善，不错，总是能够为我所信赖。

有时，我想这也是一种奢侈，对文字的信赖总是包含着放任和逃避。不过，这样不需要勇气的生活，并不会伤及他人。

推开门，就在那里。

哈扎拉尔说，写作一直是一种“继续的生活”。

哈扎拉尔说，有点奇怪的是，我随手写下这些句子，你知道那些所谓的“心声”，往往出现在你并不特别在意的时刻。生活是什么，连绵的语句拼成的一种念想。在夜晚的灯光下，阅读，写下文字，是一种白痴般幸福。很多时候笔支使着我，我多少还能明白自己的下一步。这些徒劳的工作一直在继续。

哈扎拉尔说，也许跨过两条街就有我陌生的生活，也许同一个电梯里就有我陌生的人，我并没有希望要探问什么，我只是打亮着自己的脚尖。

我寻找另一盏灯。

哈扎拉尔说，我已经写过了。我告诉自己在干什么，在想什么——一个明白自己的人就不容易遭受打击。

哈拉扎尔说，谁都会有这一天的，时间等着走近的脚步。

第二章　如是我观

哈扎拉尔说，我花了比较多时间用来写作，以至于让我停下时竟不知还能干些什么。文字构建的小王国并不可能穿越精神的沮丧与身体的退潮，旅行的意义自然只在旅行本身，一个有限的事实是这些被自我记录的文字仍是治疗的一部分，一个人既是他“阅读的总和”，言语又把他无条件化为一个袒露者，他的哀伤、愤怒，他的凝视和对生命的接纳，以分享的方式成为一种真实。这样的工作常常是“什么也没做的”，却又期待着延续。它带着生命走进另一个世界。

哈扎拉尔说，有时候一个句子就够了。诗歌的阅读与创作蕴含着人类的心灵秘密，诗性是一种人性。

哈扎拉尔说，多年前我就知道，走着走着，风景就变没了，走着走着，你所爱过的房屋也消失了，你的世界既是不断“再生”的，更是你一直要缅怀的。那些生命之诗一定有着悼亡的语调，它接续着世界的缝隙。历史或许就是这样由无数正在传诵同时消逝的声音组成，历史有无数不同的又重叠在一起的页片，你的每一次注视，每一个脚步，在这些页片的翻转中，生动地荡漾开去了。

哈扎拉尔说，我用心学习希望蜕去身体与精神的呆相，同时因为知识一直带着某种动人的光环，探之愈深便愈让人以为具有一种优越性，它掩饰了很多人的卑屑与懦弱，现在我才慢慢明白一些，一个人的后半生最为重要的已经不是知识的陶养，而且，或许是唯一的任务就是战胜怯懦，不再恐惧。

哈扎拉尔说，七月我听到谢幕的声音，开始以为不是，又听见它说，你还等什么，不会有第二次的。我亲爱的特拉瓦尼，我为所有的苦难找到你这个国，我心有愧疚了。不过这仍是一个恰当的表达，在可怜的某处，发生着超出人类智力与承受力一切灾难，它几乎是无法表达的，它死在任何的言语中，它属于特拉瓦尼，属于一切不幸的杏眼。有人说他活着，最终活成了无所畏惧。

哈扎拉尔说，我现在能记得的常是一些久久在心中鸣响的句子，有时它得自何处又是出自何人笔下，我竟也忘记了，但这些遗忘一点也不妨碍那些鸣响的句子成为我生命的一部分，我随时都可以把它放在自己的默念中，得到救治，得到滋养，得到支持。我已将这样的状态看作是每天的一种好的生活。

哈扎拉尔说，我曾劝一位朋友应该做些事，因为他读的书多，颇有才华。他告诉我，很长时间他都是万念俱灰，实在想不出做事有什么意义，他还能指望世道什么。其实他说的自有他的道理，我的劝告倒是呆头呆脑。不过我仍然劝告多多，我也是为自己说的。

哈扎拉尔说，一个诗人几乎无事可做，他看到的现实是什么都无关紧要，重要的是它会自我呈现，这是一种不需要加工与思想的裸露状态，由无数无知的人共同完成。诗如果还有存在的必要性的话，它最好要远离这些。诗不要新奇，也不要与不断翻新的现实争胜，它保持的活力是继续想象有无数的镜子组成更大的镜子，映现出天际无意义的投射。

哈扎拉尔说，我常常头痛，可能是我想太多了，又走不出自己的困境。这样说也是解决问题的一种办法。我说过了，至少承认无法对付的现实。继续头痛，直到想到别的地方去。有人对我说，这里的人都不快乐，这才是奇迹啊，你想想如果那些怒气怨气沮丧之气绝望之气能用于发电，该会发生什么。我大概也是其中的一度。越活越像自己真实的样子。我们看看彼此的脸就释怀了。这些是“坏命”的一部分。

哈扎拉尔说，我比较喜欢自己有不同的名字，这使我获得不同的“文笔”。有这样的手艺会使人不时穿越到另一个自己。像是一种不同的爱。当我着迷之时，常常辨不出更喜欢的究竟是什么。这才是对的，人习惯了所拥有的两只脚，两只手，两只眼，两只耳，人也会习惯像十个手指一样数不过来的自己。

哈扎拉尔说，世上曾有一种不辨与不辩的智慧，被大多数人遗忘了。这也包括我自己。今天我独自品味一杯茶之乐时，悠然听见了这样的声音。

哈扎拉尔说，有时我也觉得关心多了，连哪里的狗被大量虐杀都知道，更不要说对某些往事的好奇。也许总有人以为诗人要回到桌前，永远与世界保持一本书的距离——这个比喻颇打动人——可是，我以为你真要知道更多些。“这是严肃的问题”，越是逃避越是麻烦，晚年的艾基仍然坚持说要所有的都知道都清楚才行，“因为这都是发生在人们身上的事……作为一个人，我应该记住并且明白，我生活在哪里。”

哈扎拉尔说，请问候各种狂热中不听不看不议论者，请问候心怀恐惧却无所畏惧者，请问候身处险境却仍然以身犯险者，请问候卑贱如尘却仍迎风飞舞者，请问候每一个只依赖自己只信赖失败，无所期待、无所失去、时常泪流满面拼命求道者……

哈扎拉尔说，我常常以为策兰的诗都是我写的。只不过策兰用了“更好”的“我”而已。这样也好，美妙事物总是共用的。

哈扎拉尔说，很长时间了我都说不了重话，比如有人问我教育、人世什么，我都支支吾吾，并非我无话可说，也不是出于恐惧而产生的世故，是我的心受不了问题之重，受不了绝望之深，反过来也可以说是我的心已承受不了重力，想想这样的事真是滑稽。

哈扎拉尔说，我已渐入晚境，有时候我会有这样的感觉，就是当我明白在我有限的生命中，正义根本无法战胜邪恶，我觉得常常会有思考因此停止的失落，不过这样的境遇一定很多人有过，换种行动的方式，回到个人的行动力上，关注他人生活，帮助需要帮助的人渡过难关，解决一些困难，也是一种积极参与公共生活的行为。可以说让渡出在自己生命中看见正义、公正和自由的更多实现，恰恰成为更重要的理解力和行动的依据，人在为建设更不坏世界的努力中改善着自己，并得到充沛的热情。

哈扎拉尔说，我常常有种人生与思想到了尽头之感，因为茫然不知所措。因为衰老会带来一种厌倦，而措手不及也是一个有意思的词，因为命运在一切之后。

哈扎拉尔说，能够治疗你头痛症的药，也会导致你新的头痛。若是正在疼痛的当下，你还是要服用的，这大概就是最常见的逻辑了。你不可能对一个头痛者说你读读托尔斯泰吧，他始终是有益的，但他不救急，凡是慢吞吞做出来的，都不能救急。有可能你坐在哪里等一杯摩卡，等着等着，想象头痛好了一点。想象外面的街虽然吵闹，燥热，也依然车水马龙。博尔赫斯这样的诗人不会说，人得活。他是镜子，老虎，花园，他把自己说成了另一个博尔赫斯。他明白，头痛就让他头痛吧，如同眼疾，最后母亲读书给他听，然后是他的妻子。他自己的文字也有一种适于咏诵的旋律，慢慢带你到遗忘。

哈扎拉尔说，前两天我就感觉到脚突然变得有点不灵便，接着天果然降了温，而且还比较厉害。身体提前预知了天气变化，身体总能知道头脑里并不知道的，有时我们相信它，有时并不相信，我们生活在不再“神奇”的世界里，只信从了那些科学。有时反倒看不到已经到来的未来，或者更习惯于在可信的现实中“束手就擒”。哈，我现在想说什么，如果说的是过去，是有人信的，如果说到未来，则只能姑且说说，这也好，在姑且里，把各种说话的风险也消弭了。明天，我再加件厚的衣裳。

哈扎拉尔说，对一个作家而言，没有自恋就没有文学，自恋是酵母粉，也可以说生什么国什么年代都比不上这些“粉”，这个句子令人宽怀。真正的伟大来自对自己矢志不移的热爱，每天都当作最后一天，发奋不已。

哈拉扎尔说，我心中的爱意受到季节多方面的影响，不能不说春天总是会多情一些，想必这也是远古生活残存的某种遗传，总之，只要爱仍在滋生，你就不可能全然相信世界会被逆转。

哈扎拉尔说，当我进入工作环境或与他人相谈中，都会不由自主地往后收缩，这不属于天性如此。这是生存教育的结果，我们一直做着这样的训练，内置了避险器。同时又知道你并不愿意做孤身犯险的人，我们产生了可怜的怨恨，对世界他人与自己，我们始终难以真的快乐。我们侥幸继续得到伪装的自由。

哈扎拉尔说，不要为未来忧虑，没有例外的是一切终将改变。但是，可怕的总是只有一部分人能等到这一天。

作为一个诗人，我宁愿看不到这一切，我想夸张地说我要誓死只做个倒霉蛋。唉，我说的一切都像在祈祷。

哈扎拉尔说，林间的鸟叫了一个晚上，村里人肯定都听见了，如此怪诞的声音不能算是吉祥，即使你认为不是专门为你鸣叫但也不会都与你无关，因为你听见了，某种不安已渗入你的神经。可是你又想会有什么样的新鲜事吗，我竟也看不出来。是的。你又继续闭上了眼睛。

哈扎拉尔说，最近常有人问我，你说得太少了呀。其实是我都说过了，再说无非重复而已，再说无非增添令人担忧的风险而已。思想苍白，庸人寻找睡眠的床。今天我又想，其实庸人多是一些“贱”人，你给他一点风，他就会想象自己的屁股在空气中摇摆。

哈扎拉尔说，一个思想者思想的衰老比被宰制的状态还更令人忧伤。

哈扎拉尔说，我并不是因为缺乏耐心而要写这样短小的文字。我是因为脑力的衰竭，我相信这是真的。做个格言作家非我所期待，我刚好找到这些句子，却一点也不奇怪。今晚像其他时候一样，我总是从阅读中记起我要展开的寓意，生活显得像是被人过过了。

哈扎拉尔说，不知怎么安慰自己的头疼，不会说我想念我的头疼，它又回来了。世上还有更好玩的事吗，比如我把疼痛看成是一种美德，因为从疼痛开始，世界都安静了，只剩下痛。只剩下等待。

哈扎拉尔说，我是否也已下了决心要把这短暂得令人不安的一生用于漫漫的旅行，“必须消耗掉所有的一切，你先是用尽努力去拥有它，然后又无法回避地失去”，即使有时我也犹豫起来，我也没有退出的机会了。我把双腿收缩起来，时间就被我延缓了。

哈扎拉尔说，曾有人这样告诉我，“我所贪迷的只不过是一个不一样的世界，这样的世界在多数地方已成常识与常态，我的故土情怀就是我相信那些常识不存在水土不服，时间在常识那里，但不一定在我的生命之中。”

哈扎拉尔说，无论如何开始。无论如何继续。永远都不要丢掉你的沮丧。

哈扎拉尔说，虚无的人，无法入眠的人，在无聊的书页上消磨时间的人，都是无法完成的人，只需要一些说明的文字，他信赖属于自己的主题，他认为无论多么充实的生活，也都是一块踩踏之后留不下痕迹的草地，这不值得悲伤，这也不是例外，我们是在展开中叙述的人，这里是无。

哈扎拉尔说，读自己的诗总是会让人心生羞愧，因为手的劳作没有使之完美的技巧，有人会劳动不休以为累积，也有人只是久久凝视，他的心先为之细细盘算。不管怎么说，让诗人当众朗读自己的诗常是难的，尽管也有精于此道的，你不明白他如何拥有了特别的舞台感，他用声音说出自己的沉默。不过你不能因此而对诗人的诵读寄予过大的期望,低声嗫嚅是他们更恰当的方式。

哈扎拉尔说,我并不是擅长于演说的人,我喜欢专心的说出,我喜爱复杂的言辞,并努力使自己做到更好。人生无法满足,所以适合自足。可心的话语总不会被有心的人错过。

哈扎拉尔说,一想到故乡,我就会意识到过往的土地现在已经成了我的羞耻。

哈扎拉尔说,在梦里建构另一个梦的能力并非你通过学习就能获得,亦非你毫无意愿,这样的事就不会发生,我精确记得,我的列车到达山城,接下来会发生什么呢,我朝着车外东张西望,羞耻感此时突然变得强烈,它又因何理由产生呢,一切都是未知。窗外的一切也都尚未命名,我不明白自己将受何种情绪所控制,我也不明白我是否仅仅在某一层梦之中,自己将要说出的又是什么?

哈扎拉尔说，无非我离地面更近一些，地衣的哭泣，鸟的伫足，羽毛的到达，都是我生命的陪伴。有人仍然活在笑声中就是因为他已经认不得自己，他是自己的影。

哈扎拉尔说，谁不想去爱一朵花，一棵树，一条河？谁不想去爱一间房子，一个村庄，一个城市，一个国家？但怎么去爱呢？有人能够抽象地爱，有人能够闭上眼睛去爱，还有把脑袋倒过来一般的爱。很多时候我都是疯了，我只剩下心痛和胡言乱语，我还要努力活得更长久吗？

哈扎拉尔说，我决计要选一些大日子用于哭泣，并非这样的日子有特别的效力，而是唯有如此才能与真正的纪念心意相连。如同一些已在时间之河中永逝的死亡光芒，它总是会在自己的纪念日重新焕发出光泽，它使这一天变得特别，不幸与悲凄转化成了一种力量。现在有的疆域或许只有泪水可以洗涤。但是你早上如果哭过，晚上可能就没泪水了。

哈扎拉尔说，某些事物在破碎在倾倒，你又如何看见呢，你甚至听不到离你最近的响声，你一遍一遍等待着提示，以为人性具有普遍的等量，这样的处境你早遇见过，转眼又给自己设下新的希望。希望能够到来吗？有一天我要告诉你，我根本不在乎谁能够带来什么生机，这个人是谁我根本不在乎，因为我是为不相信才活着的，还因为不相信要努力活更久。这一切有种古怪的却是让我喜欢的气味，现在我为这个发现还要喝上一小杯。

哈扎拉尔说，我是习惯性往后看的人，哪怕在生活中我也时常这样。当然更多的是我坐在那里就陷入一种“回看”的游戏，没有边界与时间的限制，我忘了还有前面的路，未来似乎也变成了无数根须长回自己的地底下。

哈扎拉尔说，有一次我读到芥川龙之介这样的句子，颇有心惊的感觉：称暴君为暴君无疑是危险的，但在当今之世，称奴隶为奴隶同样十分危险。

哈扎拉尔说，现在我已经不再完全信赖自己所念及与理解的一切，道理很简单，比如我随口唱一首歌，冒出来的常常就是我厌恶的，为什么它又会脱口而出呢，因为在我的童年受的就是这样的训练，而且只有这样的训练，我其实难以估量这一切对我到底有多大的影响，要想铲除它几乎也不可能了。那么，其他领域呢，甚至我整个的思考、评判乃至更大的价值系统，估计情况也乐观不到哪里去。这简直就是一种命运了。可以说一个人的愚蠢你怎么警惕它都不为过，可惜的是我们连这样的能力与觉悟也不见得就能拥有。

哈扎拉尔说，我最近仿佛在一种光的照耀下，我写的字都有一种在餐桌上写下来的味道。有时分不清楚是躁乱还是宁静，有时则是情感严重堵塞。

哈拉扎尔说，现在愚钝感已帮我解决了最难的问题，因为我不在那里，我被时间带远了。

哈扎拉尔说，从此我要将最复杂的内心波动记录下来，这样我才能明白文字能做到什么，离开了文字我是不是就没有可以传达给别人的感受？我所苦的一切到底总是与文字有着关联，若无这样的关联，情况是否好上很多，这是没办法回答的问题，有时理解来得太快了。

哈扎拉尔说，诗人逃脱不了被内心的热情所激荡的生活，既可以在任何时代找到安适，又总是活在错觉中，背负生命之重，惶惶然，恬恬然。

哈扎拉尔说，做每日都渴望回到书之中的人吧，不停追逐的是无尽的倾听，沉溺于迷失，以为自己再也走不出无知，孤独而自乐。

哈扎拉尔说，我躺床上时听见外面小兔子跑过去的噪声。当我夜间起来时，看见我门前草坪上坐着这么三只小兔子。这其实是卡夫卡日记中的句子。仿佛你也在这美妙的游历之中。

哈扎拉尔说，我从梦中醒来常有一种甜蜜感，我已老到并不惧怕工作、也不惧怕仍活在威权控制之中的生命状态。春天让人舒张，有些开明节令的意味，万物不管不顾地放任自己，我们若不是太专注内心，太专注于某个称之为天下的奇怪事物，喝茶时，口舌之间还是有正常人的愉快。不要忙着去纠正某个一直存在的错误，它不是错误，它是生活。它没有逻辑，也不能影响我的茶食了。

哈扎拉尔说，我有事没事就读卡夫卡，我爱认了命的不快乐的人，你简直想不出他还有不忧伤的表情。尽管他好友马克斯说生活中的卡夫卡快乐顺和，我更相信那些文字。没有出路是一条路。通往老鼠洞的路也是。我首先放弃复杂的寓意，这样阅读变成属于我的淡淡的快乐，它有一种新异性，我喜欢这些。到此即可。

哈扎拉尔说，无论打开哪本书，生疏感都会使我重新开始阅读，从某种意义上说我所读的一切很难属于我，我是不断重新获得阅读权的幸存者，这是一种美妙的先决条件，人必须感谢自己是个活物，多读一遍虽然不是多活一回，但对一个人而言，却在这样的阅读中体验了一种重临。不过你可能并不知道这一切。在一个阴雨又变得寒冷的下午，我是对卡夫卡的随笔集说这些的。

哈扎拉尔说，我现在要转让生命中某些音域给你，我要创造一个公式要编织自己的影像，我要把人生的单行道变成一种乐趣。这是怎样的一个时辰啊?

哈扎拉尔说，你若说我是胆小鬼，我有什么不能承认的。可憎的往往是装出强大却草木皆兵、惶恐无主。这简直就是不幸的存在。令人不明白的是我在恐惧看到了比不恐惧更多的东西，我接近我的目标，风雨如注，风雨总是突如其来。风雨正在到来。

哈扎拉尔说，我也不知道读书是否真的重要，我只是在读而已，书把我置于无限的追随之中。这样我听到的聒噪就特别少了，我可能会出现在我原先不在的地方，我所关心的多出于生命本身的大问题，而把某些小丑遗忘也是书能够做到的。我像是每天都把自己梳理一遍，可以继续保持平庸，继续陶醉，继续为一些书喝两杯。

哈扎拉尔说，我时常发现无数个自己，如一棵树上所有枝叶，不停喧哗，我找不到最像我的声音，这棵树的声音都加起来也不见得就是，不过这并不使人沮丧，人最要紧的可能不是寻找到自己，而是一心一意继续生长，活着的要义多半在此，我越年长越勤勉，就是奔着人生的大势而去，这样我就成了生命本身的顺从者。

哈扎拉尔说，我终于明白我还是更热爱喜乐的世界，我想我无论生活在什么样的处境中，我都要首先致力于找到更多可以呼吸的空间，先使自己活下来再顾及其余，以前我常觉得这样是不道德的，我被伪善与自欺蒙蔽了眼，忘记了世界的最终改善仍要从一个个人开始，而我就是其中一个，而从我自身的意义上说，我就是最为重要的一个。我忘掉了对世界的使命是我承担自我使命至为重要的一步。

哈扎拉尔说，我一直在听着内心的声音，我要跟上它的节奏，我想知道它告诉我的是什么。我无从辨别有些折磨为何我们从来就无法离开，有些声音就是沉默，有些启示仅仅是幻觉，有些时刻在你意识到时一定与死亡有关。人们向前奔走，内心却不停退缩，一直要做成不存在的预言，人的忧郁也无药可医，因为人不知道治疗之后，疾病变成了两种，忧郁与虚无。有些时刻，字迹浮现，不知所云。有时候呆头呆脑的人，他内心正听从谁所言？无论如何，依据便是你的心仍要信从。

哈扎拉尔说，是什么理由让我觉得自己是耐久的事物？长时间的发呆这样的事也不常有，只是我应该是那样子，我找不到例外，慢慢发生了衰老。眼睛出了问题，然后是记性，接着开始变得笨重，一切都是不可逆的，最后我爱上了这些，又继续添上新的已经并不新奇的损耗。缓慢的变就像没有变一样。没有，看不到什么，看到的只是忍耐。

哈扎拉尔说，随年龄增长，喜欢的东西会越来越怪，比如你所憎恶的世界也变得越来越松软可口，丰富多姿，尤其喜欢它反复无常、以丑为美，不断使生活多出跌宕起伏，多出新的理解力，大概这样的无原则常是人性的通病，为老不“毒”，也不再为世界操心了。

哈扎拉尔说，不断写作的心我一直有，管它呢，可以不计一切，也不畏惧一切，即便在写作时畏畏缩缩，也只是畏惧于伟大思想，我从空无中抓到自己的药。我是活着比死去要好的人，这是我的想象，我开始想我不知道的事，我热爱这样的生活。

哈扎拉尔说，在深渊的水里，我们也不能忘掉死去人的阴影。如果眺望前方,挡不住的是爱上自己。

哈扎拉尔说,某日醒来很深的凌乱感使我有点不安,我以为自己已到了那种更应该生活于“无动于衷”的美妙状态才是恰当的。世间有太多完不成的任务,我要努力活在任务之外,世间有看不完的山水,我每天都在看,世间有看不完的书籍,我不必贪求太多。

哈扎拉尔说,我的爱开始得比较晚,所以多汁而丰厚,我常常为能够拥有它而庆幸。这种感觉有时就如阅读里尔克或者博尔赫斯,以及佩索阿,无论作为随笔作家还是诗人,他们都是我的最爱,仿佛随便咬一口都玄意无穷,这真是粗朴的比喻,更精致点的应该是,因为他们出现在二十世纪,这个时代所有的粗鄙与邪恶才有了真正的天敌。有时我想到那些愚蠢的面孔,那些奴役者对生命的敌视,我会在心里说,其实你们才是最可怜的人,你们憎恨自由,内心从未被照亮,你们从不知爱就是所有的人都得到善待。今晚我只有想到那些伟大的文字,我才仍然可以感受到美好的围浸。从来没有离开,是因为它是无止息。

哈扎拉尔说,我上年纪之后甚是喜欢家人的絮絮叨叨,简直说什么都好。

哈扎拉尔说,每天的告别也可能就是永别,我若要对世界作出交代,那一定不是什么嘱托,而只能是深深地悲切与羞愧。以我无所作为的方式"善终"真够丢脸的,我几乎没发出任何声音就"顺利"退场了,我早早汇入无能者行列,这些都是我自己所选。我把习惯性的顺从留给了后来者,实在不值得任何人尊重。

哈扎拉尔说,正因为没有什么特别的念头,记录下的文字才是飘逸、轻的,而我失去对时间的感觉是这个时代像一个永恒的时代,而我只是一片羽毛,继续无目的,继续身在空气里,"有限"面对着不存在,轻,是梦,是一种自我设计。

哈扎拉尔说，我已到这样的年纪，要么念念不忘，要么马上就忘，这首先是大脑自身的机制，你几乎勉强不得。我顺从这样的安排而从中得利，就像所有事物一样，我已长成属于自己的样子，然后在这样的面貌之上不断添加衰老与笨拙，同时也会变得更为平和与安静。我没有成为战士，以后可能也不会了。一早居然想到这个词，真让人发笑，大概是因为身处特殊文化土壤的缘故罢。我不说写作有何意义，它却实在适合我继续。

哈扎拉尔说，我大概又从一个词中分心了，就像我的写作总是从一个词开始一样，我简直很难弄清楚我的前方到底是否就是前方，我是旁逸斜出、枝繁叶茂的旁观者，我把敬意与歉意完全混为一谈，我寻找的从来是退避、拒绝、不参与，我早已从笔直的道路逃离开了，我走在被草丛淹没的小路上。开始已变为结束。

哈拉扎尔说，我并不忙碌，我只是生活在厌倦中。我的心思都花在对一条绵延不绝的道路的迷惑上，所有丧失的事物之中，只有语言最能引起我的疼痛，语言总是活着，它“穿过千百重死亡言辞的黑暗”，它也成了黑暗与死亡的一部分。它是我内心的石头，又是路标，在下一个起点迎迓我的抵达，正是这样的方式，我缠绕到自我压迫中。

哈扎拉尔说，仿佛在一条漫长的暗道一直无法穿越，开始在生命领域飞翔的怪鸟，你看他们快乐而又易于感伤，常常暗自垂泪却又内心坚韧，他们说自己是挣扎者，享乐者，他们用自己过去所是、现在所是，体内散发的每一脉动的事物促进未知、不可能的到达，爱是灵魂生出的牙齿，爱在这个世界一直有巨大的对抗物，现在他们平静地注视着它。

哈扎拉尔说，发呆不是一种能力，而是一种趣味。我常常带着敬意注视那些寂寂无声中怀抱自己的人，他们是安然的自足者，无害的四足虫。

哈扎拉尔说，中午时你应该找一家没存在感的咖啡馆，踏入黝黑的木门，在角落坐下，看着窗外零散的雪，不远处的钟塔，铜钟裸露着，看上去情况不太好：似乎它更像时间的遗弃物。想象中的韵律，有一种你看不见的抒情性，如果你用耳、鼻息，能体验到些微的无能和屈服。眼睛看得到一些令人沮丧的精确，比如一只瓷杯，现在你的口腔中发出平淡的、仿佛发生的并不是这件事的响声，这一切都可以看作毫无意义的怀旧，有人喜欢慢慢入睡。

哈扎拉尔说，我一直不太喜欢自己，原因之一，历来只有极少数的人不会因为金钱、名声与各种威胁而影响自己的判断力。我生活在俗世之中，过多的与人交往，变得与越来越多的人相像。生命并不可能如硬石般既硬朗、明确又让人不必往后回望，我是一个絮絮叨叨的做梦者，梦乡中主要情景都是关于失败、迷途、以及无数失败在梦中奇怪的延续，我多像一个还生活在另外世界的“另一人”，大概我已离不开这样的入梦、延展、再中断，然后在某个时刻，缅怀的时刻，又开始日间的生活。做梦不是我的目的，它是我的生命的方式，毫不夸张地说，这也是一种文化的乡愁，我对它已如“泪水般熟悉”。

哈扎拉尔说，事实证明所谓的复杂性所造成的困扰终将贯穿我们的一生。现在我特别渴望自己能活更久些，这是一种隐密的赛跑，跑出各种限制无非为了某些风景，人类的文明之花并不仅仅是一种安慰，我要确证的一切在时间那一边，我提早用未来的眼睛注视着眼前发生的一切。

哈扎拉尔说，到了冬天，在南方潮湿阴冷，我常常会因为沮丧而要找人说说话，有人说我看到的你都是坚定平和的，怎么一到冬天就变了一个人？我说，我自己也不明白为什么，我只是听从了身体的律令，我的情绪并没有什么波动起伏，相反，我一向就是这样。

哈扎拉尔说，我大量的对死亡的思考来自身体的推动，生命中很多的理解力源于身体实践与肉体的自运动，你几乎可以不费心思，它就在那里等着了，“哎，下坡路！”“哎，智者！”有时我伪装成一个怀疑的诗人，我的曲调仍然是“难道我错了吗？”

哈扎拉尔说，我一直着迷于片段、残句、短章，随手涂抹，因为这个时候我才是在为自己写作，在无数我、我、我背后，有一个更像旁观者的旁观者。我对付一切毫不费劲，因为我不在那里，我生病了，不是病找上我，而是病的声音需要有人分辨病的意义，我的面孔是“一张总面孔”，我的笔触寻求回到文字中，我总是想我的怀疑不过是为了与事实再次相遇。

哈扎拉尔说，突然发现自己像是口技表演者，这样的念头带来的甜蜜感一下子溢满口腔，人各有活命之路，各有技法，老鼠洞，各自从前世穿越而来，无法辜负它，即使要脱离表演场也是难事。似乎是作为孤魂般生活者的乐趣，无处寄托，不能在单一满足感中收住自己散乱的神经，从来要继续煎熬，要为寻找出路辩护，要、要，这个不断伸手的词。

哈扎拉尔说，我也时常为情绪写作，所有文字几乎都是程度不同的自传作品，还有这样的时候，我停留何处就留下属于这里的产品，我比较少费心于“复杂的迴转反侧”，我做心灵版图上的候鸟，把不同的飞翔都变成对节令的致敬，我的边界大概早已划定，命运投下的阴影是我的顺从线，当眼睛转向窗外时，很难摆脱那种古老的感觉。

第三章　微暗之光

哈扎拉尔说，晨起尽量爱惜那些简单的喜悦，才智自然有助于安排出更好的生活，但这些都无关紧要，一个人也不可过份依赖自己所托付的信仰，你关上一扇门，不再怀疑，不再思辨，也未必就能打开别的窗。你会说我所说是怀疑论者的多虑，好吧，我独自享受这些可能是煎熬可能是无助，尽管把心里各种杂念拉扯更尖锐更悠长而已。

哈扎拉尔说，再笨的耳朵也会听见鸟的低语，树的挽留，“你会再来看我吗？每一片叶子都略有羞涩，无非等着被爱的眼神”。树不会为又活过一天喜悦，它习惯了活着，鸟却不这样，天微亮它就醒转过来，整个林子都松了一口气，这时候的一体感多美妙。

哈扎拉尔说，我们无法拒绝忙碌，本质在于我们的灵魂相信苦难与崇高，在庸常的生活中要想胜人一筹，唯有拒绝幸福。幸福是一种安乐虫，处处低人一等，处于忙碌之中就是抵御了向自我屈服迈出的一步。

哈扎拉尔说，无知也源于无心。此世之妙全在于不止息的好奇与反问。活着自取其乐。

哈扎拉尔说，何时都保持你的幽默，那才是最重要的生存能力。不要让悲愤带走全部的快乐，笑声会赢取自己的尊严。最近我突然发现"忘怀"也是一种不可言说的美妙，治疗就在身体之中。

哈扎拉尔说，每日都有突然的一念，然后细细回味，就如慢走，看到越多，也就是一而再地看。心平和了才有喜欢的句子。现在谁愿意，都可以拿了去。

哈扎拉尔说，不知道要走到哪儿仍在走时，我总是不禁要感谢自己的脚，“持续”更多时候关乎的是身体能力，人品不好往往也是身体出了问题，用出汗抵御沮丧时常也是有效的。看着生活变得更有个人性，心里就会叨念强权意志的瓦解，今天我看到比较清澈的河水，清风习习，我的愉悦也会延续多日。

哈扎拉尔说，我的家将在清洁语言的过程中重建。

哈扎拉尔说，倘若人的两只眼睛，一只是绝望的，不再幻想不再狂热，另一只眼睛则是热情的，关注着自己的生活起居，能承受自己选定的工作，何尝不是一件好事？不执于一念，不相信别人许诺的幸福，不寄望任何造就灾难的权势，并非容易。

哈扎拉尔说，如果每天都让你重复说一句话，你会说什么？据说某著名人物在他主持的电视节目说的是“你被开除了！”还有一位说的是“这就是今天发生的事情”。

最近有一位喜欢说“一切都是刚刚开始”。我想到的这几句都颇具趣味，若是要我也杜撰一句，我会怎么说呢？“好了，现在可以睡觉了”，我脑子里一下子冒出居然是这一句，倒也得我所念。一句无毒又有点温暖的话，我誓做一个只有单一念想的人。

哈扎拉尔说，有时（这是一种修辞，指的是恒久的时间），教育已经不再有任何新问题，它是所有的问题。条条道路，通达之路无障碍。人们会念及——我就是一切，一切都在摧残我。

哈扎拉尔说，有的人生命中一直有一种悦人的旋律，他能化苦涩为甘甜，化拙朴为灵动，更要紧的是透过这些，他有另一种的运思要把你带入灵魂的摆渡，你会从这里获得真正的轻松与解脱——所有残缺、短暂、不幸仿佛开始和解，不是要寻找新的意义，而是意义就在于确认之中自然诞生。

哈扎拉尔说，人最大的麻烦就在于对自己总是后知后觉，做对的人会说选择比努力重要，相信命运的人把一切都归于天意，人的努力本身无论结果如何意义都会被低估，功利至上导致人更看重的是“选择”，坚持常常与不灵活成了同义词，不择手段最容易被原谅，所谓识时务为俊杰竟成了共识。

哈扎拉尔说，人们还能秉持乐观的态度继续生活，这是天性使然。从日常所见中并非人人都能品察悲剧在灵腑的气韵，让少部分见过天光的人担责亦是一种正义。不要责怪无知、愚蠢、贪婪，甚至冷血与残酷也从来没有减少过，去赞美人的自由选择，赞美勇气、傻气，赞美智慧，赞美无望中不死的希望。若有一烛，大地便没有彻底覆灭。

哈拉扎尔说，东奔西走的人难免沮丧，只有老屋更能慰藉渴睡的人，一个人所欲的常常损害自己的心灵，但是人还是听从了欲望的声音。这一切说来真不新鲜，就在心底为自己叹一口气。

哈扎拉尔说，一个人在文字之中喜悲交集，仍会对文字有祈望，我未曾见完全不在意文字功名的写作者，真那样他也不写了。我见过不以文字媚世的人，友朋中颇不少，这是值得欣慰的。

哈扎拉尔说，每日所经心的事物也是不停奔涌，但每日总有一直眷恋的，由家国而返依愈发细小之物，从那里才看清自己习惯之爱，习惯之思，也渐渐明白一些确切的幸福。春日也未远去，走着仍在好闻的气息中。

哈扎拉尔说，一种妥当的自卫方式就是沉浸在自己所热爱的事物中，不要因为各种争论而滋生敌意、厌倦，要问的是你有多久没有坐到树下，而对花的凝视可以由此及彼，联想绵绵。有时想到世上竟有一个无话不说的朋友，甜了一下。它的意义倒不必是天天坐在一起说个不停。我走在少人的山道上，自在很多，与人流拥堵时，想的也大不同。

哈扎拉尔说，有时候我们会觉得越是身边的人，我们越是不理解他，这其实正是人性的奇妙之处，所有的人都是不可思议的。只要我们试图去理解就越是感到迷惑，反过来说，当我们省思自己时，情况大体也是如此。也许人性之神秘根本不可能穷尽，这恰恰给了我们一个重要的提示，人与人之间最为紧要的并不是理解，而是爱，并不是接纳，而是宽容。人以自己为基点则可以向万物学习。

哈扎拉尔说，有时早上醒来发现已忘了昨晚的迷茫。

哈扎拉尔说，你问我“滋滋”是什么声音，滋滋是细微的，愉快的，常常就是生活本身隐秘的声音。不能想象一个人不爱，却能有精致的体察能力：那些听觉上令人松弛却又让人格外警惕的享受，像是很多美妙之事，人们不必辨别到底具体美妙在何处，这是在倾听中完成的自爱。

顺着它的节奏，你也不知道会被带到何方，你的身体仍在发出这细密的声响。

哈扎拉尔说，我像滚铁环的孩子，它不需要目标，有力气有趣味就行了。人往往到了衰老期，才知道力气有多重要，但也有一直有力气却无趣味的人，他当然也在做自己的事。你不必去想什么，现在向前的路，什么都没有，只有铁环在硬石上的响声。

哈扎拉尔说，所有的苦涩都是应得的，所有的欢欣你都要抓紧，晨起一定先注视日光的布局，想着好的安排，若是念及远方之友，马上给他电话，或是就在心中默祝他的平安，要做的事也分好几种，先做最想做的，把困难的留给下午。因为那时你已更强大，一日的增与减都颇为多趣，你自己爱惜得到的。写下相信，一切便特别顺畅。

哈扎拉尔说，我等待的并不是天色微明，时光转换只有在静夜才让我想到我已失去本来的面貌，正在度过自己夜晚的人说是可以想些平时爱想的小把戏，越是细细碎碎越能消耗更多时间，反正仍在身体的节律之中，既不疲倦也不会更为兴奋。他身体蜷曲，体贴着更常见的安静，没有灯可点燃。

哈扎拉尔说，清晨五点前后是麻雀开会的时间，它们会花一个多小时讨论一天的工作，话题越是凌乱气氛越是热烈，今天它们看起来也是如此。

哈扎拉尔说，爱都是简单的，不是来不及思考，而是不需要，它是开始，永续，绵绵不绝从心中缠绕着某个虚无。把身体低到最低处才够用上朝着光明的眼睛，想到这些时，就像从来没经历过一般。

哈扎拉尔说，某些时刻会使人产生要加倍活着的自我勉励。这是通常无法摆脱的一种情感。正是对生的眷恋使人变得高尚。宗教真正的力量也在于此。

哈扎拉尔说，享受大自然的明媚也是一种心灵的能力，走近，放下，沉浸于生命的亲在，又从内心看到所有爱物的样子，言语已化作鼓舞。

哈扎拉尔说，幸好这世界上还有无数飞翔之美，我们才能继续在尘埃中艰难呼吸却没有陷入绝望。

哈扎拉尔说，有些地方适合说树睡着了，人睡着了，狗睡着了，炖在锅里的肉睡着了，飘在半空的烟也睡着了。那是最有爱的地方。无论是什么样的人睡着时脸上都会有一种由生命源头带来的和善，因此松弛者总是让人心生悲悯。睡得久的人哪怕要为恶，给他的时间也会更少些。而有的人，他的一生就是一场梦，持续的、相互追逐的甜美。简直好极了。

哈扎拉尔说，你的生活不在远方，世界的门关上了恰恰有益于一个人在小角落自处，地方性的气息中散发着倦怠与凌乱，做一只麻雀的美妙不同于任何别的鸟，如果认定了自己是幸福，你就用幸福的嗓音为光明与落日献歌，你会被自己的爱激荡。你在芒果树粗厚的叶子中也可以享受早春的轻风。

哈扎拉尔说，只有对人生感到无趣无奈之人，才会这么热衷于写些小札记，抒发一些感想，所有的文字里隐隐传递出远处的笑声，像是有个离我们很近的天堂，那里充溢着我们控制不了的嘲讽。

哈扎拉尔说，也许正是人类可凭借的本能的技巧实在太少，所以我们必须不停地学习与自我折腾，这首先是一种“生计”，也是人最重要的宿命之一。人类自以为自己高贵，所以从上帝那里得到的只是一种可用于学习与发展的潜能，人因此要更为忙碌，不停地变革自己才行。也由于如此，人与人的差异既体现在潜在能力上，更体现在为实现各种潜力的最大发展所付出的努力。而在这样的过程中，他所遇到的一切，或许都会成为不同的影响源，人身处影响的当下，并不能完全辨明这些影响的意义，但总会有一天要把这些影响连同与生俱来的一切，统称为自己的命运。

哈扎拉尔说，每日凝视一次你自己，由眉宇、仪容，直到可以露出浅笑。此无忧之术也。

哈扎拉尔说，做一个齐奥朗那样的作家只能靠神恩。这样说的好处是，方便你原谅自己。

哈扎拉尔说，哲学是对忧伤的矫正，诗歌是对忧伤的溢美。诗歌是生命的伤口，哲学是生命的总结。它们同样摇拽多姿。诗歌向哲学致敬，却怎么也不肯向哲学靠得太近，于是哲学家纷纷为诗歌代言。

哈扎拉尔说，技艺意味着身心的合作。比如有时是手的劳作把人提纯到思维的边境，既是无路可退又是奋发专一，人之独特、辽阔、丰富却能贯注于毫发之微妙，手乃人的灵魂写照。声音亦如此，人可为一声轻叹吐露出身体深处的秘密。技艺之路以沉默为径，它只属于一个具体的人。

哈扎拉尔说，无数的迷途一直在帮助我们与自己相处，因为所有的前方原是只有迷惘二字，后来人们才发现终点本身也让人无从思考，人活在过程之中，结束于无知无识之时，要达成的心愿纵使简单，经常还是要用上惊恐与谎言，不仅习惯使然，我们生活的一切有它自己的轨迹。活得明白就是要懂得适时的自我安慰。

哈扎拉尔说，障碍不是为解决之道而设计的，解决之道越少，激情越有可能保持。大概上帝并不希望人类始终也像个上帝那样信赖于自己的思考，于是用信仰代替了最终的行动，人类便由自己所信而变得日益懒惰与萎靡了。这是齐奥朗式的思维，他说的另一层意思是，人类如果仍然热爱自己所生活世界的种种困境，激情与梦想便能够重新回到身体之中。

哈扎拉尔说，从本性而言，倦怠、退缩，无所用心都是常态，一个人要跃动、朝着明亮的自己并不是一件轻易就能做到的事。过四十岁我即觉自己日益愚钝，到五十岁我明白我的愚蠢不单是智力问题，而是身体即已如此，这是一日又一日独处寻获的简单认知，世间事未经自己反复践履而得，大多也未必可靠。人之处境妙趣即在于，人必须是不止息的学习者，所有人越到晚境越不可能有天然的觉悟力。一个人难以觉察自己的无知，有时这样的无知会变成一种具有统治力的文化。

哈扎拉尔说，世界从来都是你所理解的样子，我们既为有所知而受苦，也会因为无知而得益，智慧之得其实并不能为智慧带来什么，但智慧本身却能使人快乐，就像一个人不看野外的树，绝难以想象树之千姿百态，但所见对树而言，确实无可无不可。我们获得的慢慢累积，成了一种记忆与技能，时常会被我们拿出来炫耀一下。

哈扎拉尔说，我的快乐之一便是，无论我寻找什么样的信仰，最后我总是找到自己，我怎么喜爱世俗的生活，我都同样乐于去接纳这个世界的苦难，正因为它最终不能得救，这世界才值得继续活下去。

哈扎拉尔说，最近我的心总是往下沉，大概跟人老了有关，越老心就越重，再也不能昂昂然呼之欲出，有说不出的轻盈感。当一个人说改变不了世界就改变自己时，他想的根本不是什么改变，而且不变，不断地向生活靠过去，像一只听从了身体节律的虫。这样好不好全无关紧要，最后也不会有人在意，每个人都仍然爱着自己。

哈扎拉尔说，季节不停轮换，你最喜爱的日子也会过去，心惊的却是年年变老时，所带来的对前方的注视，看到的都是你心里已有的，说不说没有看到的也不重要。明亮的季节是否最孤独？枝枝丫丫，果实低沉，继续在路上的人，什么时候都是在打下半场，不要把幸福当成人生的证明。晚安，晚安，不必费心那些没有记住的。

哈扎拉尔说，一早我就想穿过小河到对岸看看，我常常为那里的歌声所惑，也注视过那些闪烁的灯光，一个地方你没有到过，就像是另外一个世界。不过，如果这条小河是一个帝国的界河那就不一样了，再近的路我穿不过去，再正常不过的念头也隔着崇山峻岭，对吗，我的生活之上还有无尽的迷途，我想想看，再想想看……

哈扎拉尔说，零下二十八度的空气并不有助于冷静，倒是在室内与室外巨大温差中不断交替使一个人变得懒惰与焦躁。雪后湿滑的大街像是一张旧黑白照片，我小心穿过时想到一个天使，她正在飞翔，她看到我时向我招了招手，她调整自己的身姿，露出了可爱的牙齿。

哈扎拉尔说，我想了又想，只能羡慕未来世纪才出生的孩子，我不是羡慕他们大概不会一出生就身处致命的缺陷，一生就为自由呼吸而挣扎，我也不是羡慕他们有未来不为我们所知的生活，我心中最强烈的念头其实总是最为简单，我相信时间、相信公正、相信真和善，是的，我只是相信安置在未来的钟。这可能是个有趣的闪念，一个属于未来的钟声提前到达我的耳朵。

哈扎拉尔说，有些日子意味着更多的喜乐。无论哪些问题，你若是去问寻自己的晚辈，得到的结论往往会大不相同，大概这就是人类的宿命，未来总是更有希望。当然无论你如何信从，你又都属于过去，你的沮丧已成为历史的一部分。好在今天我感受到了放任的释然，我爱惜这样的感觉。

哈扎拉尔说，当你远离故土时，麻雀就是一种旧物，散发着乡邻的气息，不过你根本辨别不出它们彼此的差异。曾有南美洲的作家写过：当我看到一群叽叽喳喳的麻雀时，我就会想到中国人。这真是一种善良而温暖的祝愿，还可以说麻雀本来就意味着丰裕、多子多福的生活，这也是中国人喜爱的。一早我的情绪一直就在麻雀窝里，有位教育学的教授说麻雀的家建得很精致，而据我的观察情况完全不是这样，雀巢一般都比较凌乱不讲究，显然麻雀更喜欢户外的乐趣。

哈扎拉尔说，继续工作多好，说明你爱自己有能力，每天不要生活负疚之中。无论是什么样的工作都是私人的、身体的，更恰当地说，有的工作还有一种喜庆的味道，重要的是你要找到，如同爱，需要很多，关键点在于你真的爱，有些话翻来覆去，说的是同样的字眼。当然，说这些也没什么风险，检查大员再认真，也看不出字里行间还会有什么别的意思。没有，这回确实没有。

哈扎拉尔说，你会有一种错觉，以为古时行万里路何其难哉，你替古人着急，却不曾想到也许只有彼时人们才可把时间用在日复一日的行走，那便是人生至艰却又至乐的一部分。他看到的山正是家山，水正是家水，遇所遇，见则成喜……正如一个人说他正忙于热爱大海，我相信这就是一种生活，如果你是我的朋友，我也会感到很幸福。

哈扎拉尔说，所谓的大事都像走马灯似的转个不停，保持活力是美德的一部分。一个早起就抱怨半夜因鼻塞无法忍受的人固然值得同情，但是他最好还是尽快去求助于医生，要不然他每天的生活便被如此的烦恼所困。精神的清洁都是个人挣扎与清修的结果，看到大地黑暗，你做最小的光亮也是予人温暖的，更重要的是你在意的一切仍不会被灭绝。人若是有心伸张自己的志向，他便有一种力量使生命变得意趣盎然。

哈扎拉尔说，时常有人要去寻找一个叫哈扎拉尔的人，最后却总是一无所获。哈扎拉尔并不在你出现的地方，也不给你更多探找的秘密。他本身当然也不是什么秘密，有些文字属于他，他在其中影影绰绰，又总是过渡于别的文字，更复杂的场景，犹如从一个枝头到另一个枝头，终要隐入丛林的画眉鸟。说到这里，我希望这个丛林主要由香樟树构成，最好是吐露新叶之时的香樟树，众鸟在那里齐声和鸣，忘了自己到底是谁。

哈扎拉尔说，我写下喜悦、安静、温暖、努力而缓慢地与自己和解的沉思，旅途上点点滴滴的触动，不同的面孔带给我的领悟，我的习惯是长久看同样的风景，重复的乐趣我体会最多，观察帮助一个人实现对自己的驯化，我如果要罗列一下每日首先想到的，大概水会列第一位，之后该什么没有仔细想过。有时不细想也挺有趣，可能你已经想过了，你却不急于想通、想明白，一切都已经在那里。

哈扎拉尔说，随着年龄的增长，我逐渐学会了一种“不改变什么”的思考方式，它帮助我接纳了很多消极与无能为力，现在就很好的念头使我变得平和、安静，我在迎接衰老，同时必须指出，所有的费尽心机终究使人焦躁，把热情放在对落叶、节令的观察上则用不了那么多的犹豫，你也可以想象自己仍活在古代，因为这个时代肯定会做古，你还可以把自己想象成生活在未来，因为一切仍在远处等着，我真实的生活就如同在脑中产生的虚构，我会继续依赖它。

哈扎拉尔说，坐在高处看着车辆川流不息实在有点美妙，而开车的人、等车的人、急急赶路的人未必也有如此心情。每个人心中都有无数过去、现在，无数把自己放置其中又脱身其外的念想。清晨若是微雨，你看一棵树有可能念及自己无数过往，甚至远至童年某个久已忘怀的场景，似乎有一种蜜又注入心头，然后才是生命中反复回响的酸楚，童年这个词本身就意味着怀旧，一切的缓慢源于你坐在自己的身体之中，你可能会遇到的都已发生过。

哈扎拉尔说，这个时代所有的错误都深植在我们身上，我们既能理解这一切又怀着一种往往是因为怨恨而产生的期盼，寄望时间、寄望悔过自新、寄望人之常情，这是多么奇怪的幻觉？很多令人心碎的时刻都变成了偶然，我们是自己的替罪羊，既无趣，眼里又总是含着热望。似乎在下一个站点，拯救者就出现了。

哈扎拉尔说，我实在喜欢雨的声音，在雨含蓄的低语中加夹着我冬天的一首诗,我听得出我的语调,仍是一个诗人的语调,不过它不同于安娜·阿赫玛托娃,她说雨会带来小城的气息,巴列霍则说雨中有个父亲的身影。在大多数情况下雨适合下在乡野上,以及它边上被香樟树装饰着街道与广场的小城。雨的音质往往不是悲剧性的,它不停地下坠,却给人持续上升的感觉,好像它把自己钉在了天穹上而随风摇动,它帮助我重温了某种属于童年的热情,就是对"不明白世界"的安静等待。似乎只有在雨中岁月的生长也停止了。

第四章　运命之隙

哈扎拉尔说，你无法忘掉一些词，比如忧愁、父母、河水，比如夕阳，比如空气，比如现在我在哪里，比如穿过林地看到的旷野，饮烟后面亮闪闪的溪流，比如第一次种在上学路上的紫云英，比如风的味道，小土地把足迹带到斜坡上，翻越的冲动使山不断地缩小，能够停下的都不是时间，分和秒并不交叉，愚钝的人也走在自己的路，被注视的人、被想到的人、被梦见的人，下午继续写字的人，晚上还会再读一遍。

哈扎拉尔说，尽可能地消磨时间，尽可能地无所作为，说只有自己听得懂的话，也就是只对自己说，有人会说你什么都没说，但肯定说了，眼神鼻息耳中自然的反应力……不过，活只是自己唯一的事，活着时会忘了这一点。以为光阴永续，仿佛门一直开着那样。写作的人的耐久性，他坐在那里就不离开了，直到什么样的和解能够到来？

哈扎拉尔说，早上读到的句子——现在我不忙，我有足够的时间感受忧伤了。

哈扎拉尔说，所谓的疯狂就是不断重复做同样的事情却期望有不同的结果。这说的是诗人吗？突然有一种从一个梦又回到另一个梦的感觉，迷途正是鼓励。

哈扎拉尔说，我记得朱鹤医生告诉我的，“事实是疾病比你痛恨的被宰制的生活要可怕的多，不过就你现在的精神状态而言，大概我也无法帮助你，尽管你是一个觉醒者，但你没办法摆脱自己的记忆和思维方式，你无论看到什么，遇上什么事，你几乎毫无例外的都要与那个统治集团扯上关联，仇恨、怨恨转化为一个常态化的心理模式:你对它缠绕式的记挂变成了令人惊恐的本能反应,无法摆脱,无法切割,这是被普遍低估的严重的疾病。”

哈扎拉尔说,你用不着标记特别的日子,在你记忆没有消失之前它都在那里,即便你记不得,历史也记得。对时间的虚无主义是徒劳的自我蒙蔽,有种幻念是掩藏与铲除,它几乎没有得逞过。

哈扎拉尔说,苦难总是羞耻的,每个人都会与之有关联,忍不住要受到苦难的吸引,这是它迷人的一部分,甚至还可能被扩大为某种信仰或替代品,比较有趣的事实是,这也是一种控制力,使人看不到本来更健康的生活。

哈扎拉尔说,一个人在生命中所遭受的痛苦通常要少于欢乐的体验,但不幸的是,人普遍有一种特殊的“遭罪”的功能,就是对“痛苦”“创伤”“耻辱”都有更强的记忆能力,同时,所谓的“触景生情”往往带给人的都是各种痛苦的经验,因此一个人是否过得幸福,与财富、社会地位之类并没有那么直接的关联，幸福的同义词很可能是“遗忘”，可以说忘得越多，忘得越快，幸福指数也就越高。人类受教育的一个目的，就是为了提高人的记忆能力，殊不知这恰恰是人类最大的迷失之一。

哈扎拉尔说，我现在常常无法与对生活的厌恶相对抗，我有种完蛋了的感觉，越是思考细微越觉得自己掉进了一个洞，它不断扩张，淹没了一切。再也没有别的思考力，正如博尔赫斯在某次访谈中所言，当你专注于一个问题，并投之所有精力，你便被它控制，那些挣扎在严酷压制中的人，再难有新思想，原因都在此：仇恨从来都是一种败坏，你摆脱不了它。这类情绪的麻烦也在于，你再也无法耐心的阅读，倾听，看。你只剩单调和浅薄。一种洞人的语言、思维覆盖了你。

哈扎拉尔说，躺床上看风景有一种奇妙的隔离感。有人从桥上走过像在做排练，水的波纹一直没有止息，你也无法从中想到哪里去。从前的树似乎就是要朝着更古远处生长，你越是熟悉它越会觉得树不会暗中使劲，它宁愿长得更慢。在天气清澈之日，可以看到很早以前看到过的远处，只不过一切都有点杂乱，一个愚蠢的人还站在小广场的石台上，他的表情我很熟悉。我不用去访问谁，我没有拒绝零散的记忆，最近眼睛酸涩，我更喜欢闭着眼睛。

哈扎拉尔说，无论面对的是什么样的困难，仍然可以决绝地享受每天的生活吗？很长时间，我都以为不能，现在倒觉得这也许是可能的，甚至是必须的。人只能活过自己的岁月，他已承受所应承受的，他不必承受更多，世界没变好是一种世运，所有的努力没生效也是一种命运，一个人不要为“可能应更好的世界”送上性命，一个人先自顾活着，只要不为他人添乱。一个人怎么活都不会太好的，就为自己继续有活的方式。好的变化来自时代的运命，也来自愿意承担的个人，但不必为没有承担更多自责。

哈扎拉尔说，生活着不是为了验证生活的失败，有的人过早进入衰老的循环，仿佛每天都是重复已有的片段，他不明白上帝也是数数者，他一天也不停，你不要自己先停下了。

哈扎拉尔说，仇恨、敌意、杀戮确是人类本能的一部分，但人同时还会发展自己的理性，并逐渐以理性去辨别自我，这是美妙的进化，不过这一切从不可能真正完成。想到这一点，你就会对复杂到不可思议的世界有不能自已的好奇。人是不能完成的事物，世界亦如此。我记得有位爱尔兰物种学家曾说过，所谓的不可知中，其实往往正是人性使之然。

哈扎拉尔说，人更宜于在失去中生活，记忆的功能之一便是将各种丧失变成念念不忘，这既是习惯也是重新获得，他明白了内心某处的空洞，仿佛一直在填，却一点也填不上。正如一位哲人所言，人是以时间为镜，故看到的往往是无望的自己。不过，这世界也不会有什么新花样，至少在想象中人经历的一切已经用不完，我说的是现实不过是记忆的另一个倒影。

哈扎拉尔说，现在我明白了什么叫每天死掉一点点，死掉一点点的不单是我们每个人的肉身，在某种处境中指的也是原来有的现在正在死去的自由。也有人根本不相信有这样的自由，但不管怎么说，尤其是往具体、细致处而言，自由确实曾有一点点，现在你知道那是被给予的，它也就自然正被一点点收回。风向真的变了。博尔赫斯会说，我看不见，现在也不让我听了。

哈扎拉尔说，无论你潜入水中多久，出来时看到的仍是你潜入前的世界，不过妙趣不在于是否有变化，而在于有人会惦记着若是我离开，一切总该有些变化吧。于是他一次次潜入，一次比一次坚持更久。直到有一天他再也没有回来。

哈扎拉尔说，人人都需要有个老师，有的人终身都需要，终身未成年可能不见得就是坏事。不过我年纪大了以后，明白的道理却是很多事大概你的老师也帮不上你的忙，即使你真有这样的老师。另一方面，必须同样要思考的，那就是有人怎么也不允许你为自己作主，他要终身做你的老师，你逃不出被教育的魔爪，这真的很可怕。

哈扎拉尔说，苦难总是羞耻的，每个人都会与之有关联，忍不住要受到苦难的吸引，这是它迷人的一部分，甚至还可能被扩大为某种信仰或替代品，比较有趣的事实是，这也是一种控制力，使人看不到本来更健康的生活。

哈扎拉尔说，所有的困扰都具有终身性与不可摆脱的复杂性，人性的丰富和摇曳不定对应着世界的宽阔、神秘和无法比拟的惊心动魄。所谓的心智成熟指的只是某种极其有限甚至仍不过是一种幻觉的自处能力和遗忘能力。一个人变得衰弱，既意味着好奇心、生机的式微，肯定也是他与世界和解的开始。“我变得不像自己，这是一种仁慈”，你记得谁说过这样的话吗？

哈扎拉尔说，停下来时仍有两脚离地般的惶然感，你欲往何方，你的腹语谁把耳朵靠过来，人有疾，催着人跑得更快，但你的方向总是在你靠近时闪开了，然后你就会把到达当作了目的。谁又会那么认真呢？

哈扎拉尔说，因此我需要重新诞生，变形——究竟要变成谁？要变成什么？或者，我知道我内心是谁，将要成为谁？不管怎样，你好，我同意，都是一句恰当的回答。

哈扎拉尔说，有个词叫死灰复燃，还有一个词叫借尸还魂，复活的既是所谓“死物”，更重要的还是利益与价值观，它其实一直生长在自己的土壤中，有时不过被假相与别的名字所遮掩，人是容易忘记与被迷惑的，人更容易生活在早就获得的认同与顺从中，加上巨大的恐惧往往也会使人伪装自己的屈从仿佛不是因为恐惧，这种思维真是奇妙。好了，一切都以更与时俱进的方式重新开始，豁口已打开，巨兽刚刚现身，你来得及看到，你已身在其中。

哈扎拉尔说，“从此他们幸福地生活在一起”，这个句子几乎是所有童话的结束语，大概也是一种世俗欢乐最好的写照。没有人还要接着问什么，故事已结束，接着问的属于另外的故事，它很可能已经不是童话。童话的核心是相信，并形成一种称之为“相信”的生命机制，由此它完成了人一生最为重要的精神塑形，人是否活得像人并不是由物质世界决定的，人是自我生成物，由童年为基点。童话记录下的初心里有人的永恒。

哈扎拉尔说，这世界有能力使你所有的忧虑都变成奇异之花，一遍又一遍重新开放。幕布不管怎么变，它也仍有能力使一切重回旧剧之中，让你再猜仿佛已经变化的老结局。

哈扎拉尔说，一个人的生活越是逼仄、压抑、缺少鼓励与欢乐，就越是容易陷入怨恨与沮丧，我们并不是都能明白自己所思所想就已陷入敌意之中，更大的麻烦还在于，这样的状况往往成了首要的反应模式。没办法好好思考，没办法好好说话，也就没办法做一个更有建设性回应能力的自己。对生命做回溯的意义恰恰在于改变可能首先存在于自我觉察之中。由此，我还要强调的是我以为自己也缺乏与人辩论的教养与风度，以及由足够的自信而来的从容感。不辩不执可能是不坏的选择，先各自阐述，并宽容地对待别人的理解，或许更有助于获得自明。

哈扎拉尔说，古往今来的英雄往往都与灾难有关，没有灾难也就失去了诞生英雄的土壤。庸常无奇的生活甚至使猫也变得毫无好奇心。人们的矛盾常在两种选择中难以平衡，一种是热情洋溢，不幸临头，一种是时间仿佛终结，岁月不断重复。

哈扎拉尔说，心有悲是逃不脱每日的风雨过耳，仿佛囚禁在自己的身体中。太关切这一切，又何其哀？

哈扎拉尔说，应该说，最简单的问题就是“此时，此地”。你如何与一个从未有过体验，又从未有过理解力的人，谈论不是他问题的问题呢？从某种痛苦中能够剥离的，正是痛苦本身。也许享有这一切，竟也是不幸中的幸事。

哈拉扎尔说，你到底要什么啊，哪句话出自你的真心？也许有很多人会受这样问题的困扰，因为你自觉与这个“你”的逻辑同构，而不知它原是要控制你、调戏你，最后还要从精神上消灭你。一个人的活要想有真正的活性，必须活在自己的大判断中，不是以不变应万变，而是不被所谓的情势与变化所惑，直取其心，自断假象，方可从容——生命的自觉说透了，就是选择边缘，以自己为流放地。

哈扎拉尔说，所有的强力都是令人恐惧的，即使在我最勇敢的时刻，我心中也充满了惊恐，正如莎翁说的那样“不是我有这样的勇气，而是我只能战栗着迎向自己的使命”。不过对大多懦弱的人而言，他的麻烦更多的是无法自视与自我解脱，这才像肉中的刺——众人之见固然重要，但一个人并不会因此而尿裤子，还是强力所造成恐惧的压迫力对每个人都最有成效。你不必鄙夷任何人，大概谁都很难变得像想象中的那样强大。恐惧是人性的一部分。

哈扎拉尔说，大家都认为自己可以看到历史，大家看到的是过去，被上帝的磨子反复磨、磨得很细的事物，我们可以称之为人类的正义。借此，你可以形成自己历史感和辨别力，所谓以古观今，凭借的便是这样的依据。所以历史感亦即我们的价值判断，若是我们看不到，也不相信有更高的审判，我们又如何在自己的生命中选择走正路呢？很多时候并不是“大势”才是正道，也不是“成功”主宰着未来的路。历史感使我免去对时势的焦灼，但生命的迫切性、亲在性又会使我陷入深深的沮丧中。

哈扎拉尔说，多年前祖母病重了，躺在床上就是不能再起来，神志却很清楚，她一直问我，“奶奶的病什么时候才能好呢？”我既不想说假话，又不知怎么说才好，多少年过去了我一直记得。

哈扎拉尔说，我们每日浸染于爱恨情仇却又像老鼠般惶恐不安，也许只有手边的某些书籍还能安慰人——那是遗忘之书，安眠药……“透过这一切，你可以一路追溯到怨恨的源头，把历史及其幻觉统统抛开”。我常为自己成为书籍中上午写就印刷时又删掉的逗号，而少了很多懊悔。是的，齐奥朗说罪就是无法遗忘。

哈扎拉尔说，我爱这个世界理由再简单不过了，就是我没有别的可能性了。一只老鼠不可能变成一只猫。但是这样的理解对任何人都没有太大的意思。宿命观是弱者的信仰。猫爪下的老鼠也会这样想。

哈扎拉尔说，摆脱恐惧的方式可能很多，混迹于各种凌乱、无所指涉、过眼就忘的文字也是一种。它的一般意义就是我们庸常的生活。反抗恐惧本身即是恐惧，这是一种疯的状态，不常有，却非常致命。

哈扎拉尔说，当我从迷航返回时也曾忘了水上的风光。不过，我一直以为我的幸运之处主要是，我并不需要倒立就看到头顶上的深渊。

哈扎拉尔说，雨中有一种“临时的，此在的”味道，既绵延，又断续。谁都难以记得上一场是否更缠绵更热情。我看到我喜爱的一切大都喜爱雨，心里又加深了一种一体感。这种感觉一点也不奇怪。

哈扎拉尔说，穿过人群时，各种气息已渗入我的衣履，那些长不大的人、曾被称为不正常的人，我看不清你的轮廓，反而是我才像一个疯子，我站在哪一边，哪边便是乱麻的思绪，谁才能解开？谁才是走近的人？我发挥的观点，无非就是继续疯癫，我又自己把它吸收了。

哈扎拉尔说，等到你上场天已黑了，你只能为自己表演了，好像你要等的并不是观众，而是不再有人关注。生命并没有被切成两块，白昼，黑暗，积极的跃动，阴晦的冥想。你说自己更像从一个无法言说的地方返回，也带着一身的沉默，现在好了，是你要上场，你说的还是暂时失去控制的絮絮叨叨吗，如果有人要提炼出什么主题，就告诉他，等会儿我还会重新来过。

哈扎拉尔说，今天晚上我想了比较多的宽恕主题，发现这是弱者的问题，只有弱者才能宽恕，只有弱到气若游丝，弱到无路可走的人才有这样的权利。只有被凌辱被强暴陷于最深绝望的人才有这样的权利。

哈扎拉尔说，今天是个回复，回复寒冷。寒心之中藏着变化的诗意。人肯定无从问自己为何要事事过心呢，又是谁让人无法只守着自己的生活，可是若不这样，人是要发疯的，即使眼看着世界，大家都忘了，人是无法飞的，还有哪些不能飞的动物成为人的伙伴？

哈扎拉尔说，不必去判断什么风向，我能告诉你的是风向一直没变，有时发条松些有时紧些，有时你喜欢瘦脸有时你喜欢胖脸，有时你有些晕，产生错觉不是你的错，你太渴望变化了，你大概还太沮丧。怎么说呢，一切错觉的责任还在于产生错觉的人那里，你就继续扛着吧。

哈扎拉尔说，活在一个具体的世界，人人都产生过不死的幻欲，如同拥有无限循环的圆，死让人害怕的部分原因恰恰由于对死的无知。关于死的知识却不能使不可知变化，人仍然茫然以对，需要有别的事物出场作为替代，但人的心始终盛不下，于是一直战栗不已。最后这一点，是齐奥朗启发了我的理解。

哈扎拉尔说，有些欢娱最为激烈的尾声便是再来一次，这也像一种仪式，不断重现的律动。人是在自己身上投下深深的阴影的，只是为了透过这些，开始懂得返回。

哈扎拉尔说，受过苦难的人也许都应该意识到，所有的苦难都会生根的，受的苦难越大生的根也就越深。有时我们说话行事时，我们以为是我们的理性在主使，其实也可能是仇恨、敌意与盲目在主使，人的复杂性要远大于人的自我理解能力与自我调控能力，我有时候会武断地以为信仰问题并不是人的难题的全部，信仰仍难以代替人的思考、摸索、判断，但是某些至深的痛苦种下的根，可能会假借别的名，左右着我们的见识。

哈扎拉尔说，所谓的才思重点在于思，也许你可以想想，比如博尔赫斯的生活，无法看到那些精致深刻曾有片刻离开他，他所有的文字揭示的正是如此地从不倦怠。这样想着便卷入了一种刻意的井然有序，一个人若始终以最严格的方式要求自己，他便再也不可能过着平凡的人生。他便由自己所催促只走属于自己的路。

哈扎拉尔说，那些每日身陷各种事务焦头烂额的人，心里免不了要对闲适、雅致、缓慢、呆愚、重复、矫饰、空泛等生活趣味与行为习惯怀有一种“古老的敌意”，这些疑是“寄生虫似的生活”实在难与匆匆向前的人并置。不过我更想说的是，并不是我要辨别哪种生活更适合我，或者我可以如何寻获它的价值，而是今天我只想像虫子躲在哪里，一动也不要动。

哈扎拉尔说，早上醒来之后，最为不安。因为我又开始思想了。

哈扎拉尔说，“不懂”源自心间留有余地，不断挣扎着逸出，自觉地边缘化，边玩边打，打打停停，忘乎所以。

哈扎拉尔说，所有极端的非人的堡垒最终都毁于想象力。

哈扎拉尔说，我也知心间曾住进魔鬼，看来还难以消除，像是刺一样给我带来疼痛以及安慰，而后者的感觉有点奇怪，但我知道正是这个魔鬼使我不断陷入自省与自贱,我再也不可能张狂、放任,再不可能是一个自以为只行善不做恶的人了,我从无数世相中看到了自己生命的卑微。

哈扎拉尔说,人们争着抢着要跑到前面去,可是前面又有前面,一直没有尽头,很多人便早早死于奔波之路,或是体力不支也打了退堂鼓。但是你并不能看到竞进路上少了谁,因为太多人已经补了上来。他们既相信自己又在怀里揣着恐惧,仿佛只有不断奔突向前才能治自己的病。

哈扎拉尔说,世界终究属于时间的,人在自己活着的维度中很容易就望到生命的尽头,人为活着找理由,人一生都很惊恐。

哈扎拉尔说,凝神即是一种终结,无论我们所获得的是什么,都可以通过回返的秘道让我们得到更多,这里说的如同用竹篮去打水,每一个动作都是一种完成,然后你才能看到所谓的空，空成为中介，便于持续，有的人会一直做下去，有的人会因此找自己的意义，他是为自己打水的人。他凝神中看到过往与未来。他听到风穿过冬日浅浅的午后。

哈扎拉尔说，编织不仅是手艺，更是无限的痴迷，遁入，咏叹，同时它也是一种拒绝的艺术，在物的深情中奉呈自由与个人，易于消逝却又生生不息，如同阳光从树丛中漏下的斑点。

哈扎拉尔说，日暮时分的奇妙在于你可以从光的消逝中真切感到某种短暂和存在的虚无感。

哈扎拉尔说，有时我们的麻烦恰恰在于懂得太多琐碎的知识而变得过于轻狂，纷繁的生活本身并不能使人更幸福，逞口舌之快的“利益”也只在口舌上。沉静足可自足，人生所求并非赞赏，亦非他人如何尊重，而是自我有意识追求的舒展、放任、自由。生于哪个时代，并不具有决定性的意义。

哈扎拉尔说，你做错的事至少在心中也要道声歉，无论发生的事已经多久，它都并没有过去。此去的岁月，你要把每一年都作为和解之年，一步一步让生命恢复自己本来就有的和善。永不会有人要你这样，也决没有教诲能好过内心的，你要爱自己的软弱与退缩，更要走上前做出新的改善。

哈扎拉尔说，比较有意思的是，当生命开始缓慢而生动地展开之时，人们往往更为关心自己身上可称为“天分”的那部分状况，也更热衷于以“胜出”他人作为对自己的肯定。可以说人的好强好胜心都是一种不错的本能，代代传递，不断延续，或许它也是人类得以存在的最为重要的支持力，你也可以将之称为“人性”，始终会在所有人心间鸣叫不已，蔚为壮观。但还有另一种情况同时存在，并随着年龄、经历、领悟力等等增长而增长，这就是，人终将会淡忘所谓的天分对自己的意义，亦即人会宁愿相信后天所做出的持续地变革自己的各种训练才更为重要，人会在自己身上看到“境界”对“命运”的逐渐超越，这是件奇妙的事情，是对人获得的自我觉悟意味深长的回馈。

哈扎拉尔说，每次读齐奥朗都有被狂扁一顿的感觉，不必读太多就会碰上这样的句子：

每种痛苦的极限，是一种更大的痛苦。

没有乐感的心，正如没有忧郁的美。

时间从记忆中消失得越彻底，人就越接近神秘主义。没有善忘就不可能有天堂。记忆力越健全，它就越是执着于此世。记忆的考古学从另一世界中发掘文物，代价是牺牲此世。

他既是哲学狂徒，又像诗人一样毫不讲理，我也不必再摘录什么了。我仿佛在地下室刚被人狂扁一顿，却对他说欢迎再来。

哈扎拉尔说，我想到工作马上想到的就是生活，把它看作忘忧的途径、谋生之必要，远远好于其他。生活中所必须的一切，你不要抬高它，因为伪崇高里藏着恶魔，很多人死于假善人之手，连死去的灵魂都不能抵达安详所在……

哈扎拉尔说，当我把某个情绪拉长到一种无限绵延的感觉时，我常常会被细腻、偏执、任性的能力所陶醉，因为我知道一个人真正能够调动的无非就是专属于自己的这样的专注，说来奇怪，人人都有自己的老鼠洞、蜘蛛网，人人都爱沉浸其中而又不动声色。所谓的来世我们在此世已经经历了。

哈扎拉尔说，人最幸运之事莫过于可以沉浸于无限的想象，世上之人由此才各得其所。我又想大概万物同样如此，你注视它们时最好也不要惊扰。某些时刻、某处场景，我们默默相对，那些可怕的奴役完全失效，你最爱的人都会回到你心里，即使渐渐连自己是什么样子都忘了，我也仍有办法控制住失败。是的，我下了决心，继续发着呆，这样就够了。

哈扎拉尔说，所谓的精神逃逸并非一定要忘掉肉身的痛楚不可。无处逃逸方可逃逸，眼睛望向天际、缝隙、鸟影，望向无名，如木头般呆立，无所谓知与不知。无所谓怨还是不怨。又如秋叶被踏入泥淖，又如水入沙，又如血进入身体，你是自己的注释，大的夜幕已经临近。

哈扎拉尔说，我发明了很多东西，别人总为我所费的心事奇怪，殊不知我在每一件事上耗过神后即可入睡了。又是一天，又是一夜。天降霜，看日出要早起，看日影要走到树底下，不是为了遗忘什么，只为了什么都记不起。有些地方是不可避免见到神和鬼的，你说要见，我却说我见不到，只因为我从不到那里去。我也会打起灯笼，我要找日光下隐没的，只能用灯去照亮它。

哈扎拉尔说，一路上迎面而来都是忧心忡忡的人，他们在想什么？脸裸露在外，脸上写着漫漫景象都是我们相同的，它比任何意识形态都更深刻也更诚实，我们似乎也更乐于接受自己除了相貌、装饰之外，从心灵显露出来的一切。如果说，我们所缺少的是谦逊、礼仪、机敏、激情，可能都不够恰当，我们只是无法快乐而已，我们甚至也难以使自己有一张快乐的脸，就像心里被注入了甜蜜一样。时间的灰烬过早把一切带入了帝国的暗夜。

哈扎拉尔说，若是一个诗人，他所要反抗的重力，必定要在诗中展开，他能不用自己向来习惯的武器吗？（这简直像自动生成一般），隐喻、反讽、韵律、行数、音节，他的愤怒是否还要具有令人着魔的美？他要的是更好的诗，还是更好的世界？若是他从一个词开始自己绵延的想象，他能控制一个句子能够到达的远景吗，诗人奥登曾表达过这样的“襟怀”：“诗歌没有使任何事情发生”！这不是谦逊，而是从一种无边际的无望感中的解脱。

哈扎拉尔说，人往往既不能从近处看自己，也无法从远处看，很多时候人是以他人作为参照物看自己的。可以说这有大麻烦，每个人都无法逃脱相互的影响，每个人都受制于“他在哪里”。

哈扎拉尔说，上了年头的事物中有一种倔强，我也是这几年才有所体察，我盯着看往往会获得一些以前没有过的趣味，就是我看到了生命自然散发的尊严其实是无所不在的，同时哪怕在丧失之中它也有自己的体面，而我们是否能有这样感知力，则与生命所展开的开阔性息息相关。

哈扎拉尔说，向前走意味着再也“完不成”了，比如征服未知的妄念，身体所发出的提醒会迟些到来，然后很快就变得愈来愈强烈，奥登曾说成熟实际上是不成熟的反动，因为不成熟是一种生机，成熟显然再无这样的机会。不过观察极端的统治，你却无法等待它瓜熟蒂落，因为它是相互链接，超生态的循还自生系统，你等不到任何的结果。

哈扎拉尔说，所有的事都拧成一件事：为何而活？每天闪过的杂念中离不开对生命自身的回复，一封无限展开的信寄往何处，在不断重复之中形成的理解力并不见得有什么进展，关于疏离、沮丧、自责，小小的得意，免不了滑入感伤地带，这也是一天又一天的转换，所有的情绪不是因何触发，而是，它一直在那里。

哈扎拉尔说，无论你的居住地在哪里，你还能想到手中握住的到底是什么，空虚？这是多么夸张的说法，抒情的调子会减弱你内心真实的惊恐，我倒觉得愚顿的人应该有更多的福份，因为他把担子卸下了，他不勉强自己，他无此意识，但是现在根本就不是做出评论的时候，我昏昏沉沉，好像仍在旅行。我的一些文字显得很凌乱。

哈扎拉尔说，我推开门只为了再推开另一道，就像有位医生说的，我救助一个人，我才能接着救助另一个，我疲惫极了，脑壳似乎也变小了。这种情景多可笑，一个人怎么摸也摸不出自己变化的模样。而你根本就不应该相信一个人能变成另一个，人被自己的念想锁住。人逃不出自己的掌心。

哈扎拉尔说，如果你仍然想着爱，你对一个时代的误解就几乎不可避免。我更愿意在一些无关痛痒的词里安一间小屋。那里适合不断地妥协与退缩，安慰没有发生，那是因为无可安慰。

哈扎拉尔说，所有的写作都事关对命运的理解，“必死”使人陷入无时无刻的各种紧张与焦虑，人的本性常在拂逆与顺从之间来回挣扎，活出意义仿佛成了一种宗教，人必须走在死与虚无的边缘是另一种折磨。同时，人又是多么偏执于自己的贪欲，一直“要”，到底要到了什么？

哈扎拉尔说，我总是被很多事拖着走，我希望停下来时就不去想它，我会继续走就像什么都没发生。我出走的路线是一杯咖啡，片刻对树木的观看，在茶水中分出不同的香，越不过去的地方不是羁绊，而是返回，它仍是旧的路，你却可以换一种眼力，看到更深的年景。一个人走，无论去往何处，都是延续，想到这些、那些，只有细细碎碎。

哈扎拉尔说，你所看到的我的现在，想不起我也有过的年华，这有什么要紧呢，我为自己一直会过到死。无须有任何附加才是对的，过去我爱慕红颜，现在仍然爱慕，心里却只望着快点行动，不是来不及，是再也握不住。这些想到的便是笑谈，只为了给自己一些风趣。我最后还要说，是的。

哈扎拉尔说，不管你是否给自己安顿了耐心，时光飞逝它的启示仍然是那样没有历史意义，因为所有人都为自己而活，所有人都为自己而死，世上唯一不可控制的就是时间本身，它正是焦虑的源头。被宰制被欺凌的状态最让人沮丧的秘密往往就在时间之中，没有补偿没有另一个源头等待着你，这样的问题很简单，这样的结局都是必然。

哈扎拉尔说，人总是要等到老了才发现自己什么都不是，不过这并不让人感到沮丧，人的一生所形成的理解力主要用在接纳自己上，随着生命的继续，大多数人都像狗一样顺从一切。诗人与商贾也会为同一件事叹息，对死亡的和解很少有人例外。要不了多少精确的学识，我们都已知道我们的一生发生了什么，我们继续生活，保持活着之时就会思考的问题，今天与明天也不会有多大的不同。

哈扎拉尔说，我相信自己的文字记录，也相信不断地见所见终究可以领悟比初见之时更多的道理，对有的人而言确实是文字统治着他的心灵，他的别的生活不是没有意义，而是只有那些文字才是印在心上的，人认同这样的安排，这些便是一种命。反正人总是要认命的，命并不能指出所有的路，它会让人懂得顺从，再从中一直受益。

哈扎拉尔说，我现在明白的道理，在三十年前也曾明白，不过那时明白的就是道理本身，而现在则是生命。说起这样的话仍是一种重复，越是理解世界的复杂性你越能以单纯自示，以爱养育，走的路再多仍是为了再走路，一个人就应该活在这样的信赖中，他去的地方是自己的自由。

哈扎拉尔说，我现在明白既不是绝望统治着这个世界，也不是什么离奇的想象力，人与自己先要折腾够了，才能理解外面的复杂与各种各样的离奇，再大的权势也不见得就能带来心头的宁静，人所用心的大多并无益处，却要日日重复以为正在做一份功，所谓工作除了助人得以糊口其实还有一份理由，就是人若无事可行，便要发疯，人是自己身体之奴，只从劳动中才可受益。那么多的变化因此而起，人便只能代代如此，无从逃离。

第五章　不知所然

哈扎拉尔说，没有一个人可以模仿自己的童年，童年意味着生长与变化不居，童年也意味着朝向生长的倾听，有些艺术家不时要感慨自己对童年努力的返回，他试图能继续像儿童一样的创作。齐奥朗则认为越是独特越容易被模仿，这种模仿也如同我们对童年的致敬吗？总是要走最复杂的路才能回到最挚朴的童年，要经过无尽的折磨才能认识最简单的人生目的。童年便是一种交织，无法言明的不断再生的谜。

哈扎拉尔说，大学之后，同学各走其路，所谓的友情其实也是何其脆弱，借助网络平台又聚集一处，各说各话，免不了言语冲突，同学之情自然难以维系或再形成新的共识。稍加分析，我们便能明白，此处真没有什么左右之分，甚至连利益的站队也微乎其微，有的真是应了那句，“所有的区别都是智力的区别”，这里的智力指的不是天然的那部分，而是后天的阅读、思考以及由此形成的理解力才重要……对于同学与亲朋旧友，我当然能够以礼相待，对某些人也会视而不见，对某些误加我为好友的人，我也希望他尽早拉黑，我们不至于“道路以目”，不过也不必各自勉强。至少我们已经实现了择友的自由。分裂的时代，首先与自己站在一起。

哈扎拉尔说，有人问我你怎么对待生命中的各种困难，我说首先要看是什么样的困难，一般而言，像我这样非强者、退缩者，常常选择的并非对抗与马上解决，我宁愿像事情没有发生一样继续生活，就是什么都没做，拖延，回避，最后溃败，无可收拾，这无非也是很多人想要，就像当事人不在场一样。人还往往会在内心找一种安顿，怨我无能怨我无力，我本不应该在此，我本来就想退到事不关我的去处……你从事何种职业，诗人都更适于担任此职，他内心同样会严厉而自得地判定自己既无所为又只适于献给浅斟低唱，他认定这样的价值，他从别的更为实际的意义中脱身。若有一个诗人嚷叫“诗的衰微”，你大可不必信任他，诗从来就是那个落寞的样子……

哈扎拉尔说，之前我在子虚先生的学校讲课，说到世上最苦的事情莫过于聪明的人理解不了愚笨人的痛苦，子虚先生说此言后来成为教师间的“名言”，不过语意有异，说的往往是所谓的聪明人实在理解不了愚笨的心事，愚笨有自己的“秘密”。这几年我不时与子虚谈天说事，子虚常说“智力是个硬伤”，我完全赞同，无论多诡异荒唐与贪婪不可理喻，几乎也都有因为智力缺陷而产生的误判，各种灾难同样是智力破产所致，提高一个民族的智力状态，就是提高一个民族的幸福与希望。

哈扎拉尔说，之前我讨论过“智力破产”这个问题，它是一种文化状态，与禁锢、恐惧、剥夺以及各种长期的规训有关，我把它称之为“终结者”的状态，而非本源，我也不相信作为智力的种族差异，但我看到发展的差别。现在可以探讨的正是这一点。从具体的现实而言，不够用、想不到、想不明白、从不那样想，恰恰是“造成”的。也许我们慢慢也理解了自己的这一切。

又比如，你去想一个人，他的智力不是理解不了自己，而是只能那样去理解，所谓的文化也常表现为人的具体生活，有时我会透过各种荣耀的假象，看到他由自己的心与头脑透现出来的贫乏和引人注目的缺少魅力，每一个人都会活成谜，这先是对自己说的，然后终究也有一种同样带给别人的复杂性。不过如哈扎拉尔所说，探究这样一个复杂而有统治力的人，往往徒劳无功，他确实就是谜。

哈扎拉尔说，一个地方是否宜居可能首先要看这里空气和水的质量，这话类似于爱因斯坦所说的哪里有自由哪里就是我的祖国。我这样想时其实我正受头痛的困扰，不同部位轮着痛，每次身处严重雾霾之中都是如此。身体的反应自然没有什么逻辑推理，它就是如此，它也不同于秘鲁诗人巴列霍那样的没有任何来由的“就是痛苦”。这样说我要引出的其实也是强调所有的痛苦都是“得其所哉”，由不得你另选其他，你做个生活在你现在状态中的人，还能有别的处境吗？我有时会为自己转个念，类似于一种受虐的需求：我在乎的不是我和很多人一样在这种状况中，我在乎的是我不得逃脱，从无例外，我有自己的洞穴，我刚好一直在那里。如此多读多想就变成一种好处——每天听自己哐当一声掉下去，然后，在阅读与思考中拥抱了这样的末路。

哈扎拉尔说，每个人心里都有想说什么就说什么的各种妄念。很多时候总有人问我“你在想什么”，似乎是因为我的神情像在思考，我大概有一张这样思考着的脸，这全赖童年的内向孤单又暗自好奇所赐。我当然也热衷在自己脑海中做各种各样的评价，对事又对人。而成熟的一个标志是，我所持的尺度逐渐变得稳定一些。这其实正是一种老朽的气息，我姑且得过且过，说起来一个人自设善恶的标准不可怕。可怕的是有一种关乎生杀予夺的权力，随机所设的标准。世间之事原有自己简单之处，当它变得复杂、无法捉摸、要靠权势的尺度做判断时，麻烦必然临头了。然后，随之跟进的就是一种莫名的恐惧。这种情况人人尽知，不过现在，我会因此接着想到底何为恐惧的尽头，这个问题转化成了一种类似已经关在铁笼里的老鼠一般的好奇心。以前我说我写下文字是献给自己的祈祷书，现在我会说它是一种等待之书。像树一样从更高地方注视着自己。

哈扎拉尔说，齐奥朗曾云："一切善良都不可能创造，因为善良太缺乏想象力"，一个作家大概更适于生于恶，受恶之激发，唯有如此才不辜负他的时代。所谓伟大必定出自恶俗，所谓卓越必定备受摧残，当我们赞美杰出的艺术带给人类新的思想与表现力高度时，别忘了这正是罪恶的催化之功。不过话说回来，这样的时代也不能过于血腥，杀人若灭虫，禁言至无声，齐奥朗又说，对思想与艺术而言，最好的时代莫过于“开明而又专制”。他这句话，我印象尤为深刻。当然如果离开独立人格，没有顽强的自我疏离意识，那些作家也只可能是个废物。

哈扎拉尔说，常有人问我教育的核心工作是什么，这样的问题你可以回答得非常繁杂，写再多的书也谈不完，若是简单地说，在此时此地，教育最核心的工作一定是传播人类的共通价值，反对盛行已久、把邪恶伪装成鲜花的奴才体系，同时我还要说，教育若不以阅读自由、思想自由为首要的前提，教育就不可能带给人希望与想象力，所谓的创造几乎就是痴人说梦。对各种各样思想与信息罔顾一切的隐瞒、扭曲、阉割，自欺欺人，仍是学校文化最败坏的一部分，而且很难从根本上加以改变……教育带给人幻想，殊不知教育对人的伤害最具常态化，它的洗脑之功也最为有效、长效与彻底，一个国家的秘密都在教育之中。

哈扎拉尔说，人类对自身与世界探索的智慧与经验其实已经够用。一个社会原可凭借那些人类共识所形成的基本理解力而得以避免低级而又悲惨的不幸，无论处于什么样的发展状态，都能使更多人拥有对未来的希望，以及对自身命运的自由控制力，但是实际情况却从不可能如此乐观，人似乎特别适合成为暴力与疯狂的试验品。这是我们熟知的存在状态。

哈扎拉尔说，世上我们惧怕的人都是我们看不见的，也说不上惧怕什么，这才更厉害。无形胜于有形，有形却又以为自己已经在天空中羽化了，又咕噜咕噜说了很多话。实在无知得可爱。我继续东看西看，把看到的事物当作自己的漫游。

哈扎拉尔说，在一个急躁、一切都希望速成从而把忽悠当成基本策略的社会，对任何所谓的成就成果，我们都不能太当真，这样的伟业层出不穷，无从考证也往往没有下文，这一切正是这时代常见的病征。在教育领域这样的病尤为严重，“教育家办学”最重要的是要把自己先拱成教育家,同样也是要忽悠要速成要立竿见影,既是国际范又独一无二,做什么项目都是吹字先行,一年起吹,步步为营,营营皆利。

哈扎拉尔说,如果一个社会大多数人都愿以自己的头脑去思考想必是一件好事,一个社会有越来越多人过上不畏惧强权的人的生活,说明这个社会在恢复某种重建的生机。但是,情况往往是,更多的人把一切寄望于未来,日日所思都花费在寻找着属于“未来”的种种迹象上,殊不知越是如此越会惊恐地发现,所谓的未来其实连着的都是过去,未来已经回到过去。种下的既非龙种最后会收获什么也就毫不奇怪了。奇怪的是人们寄望的方式与在灾难中挣扎的方式毫无二致,面对最后相同的结果,大多数仍会把它看作是一种命数,等于认同了邪恶的合法性。其实邪恶也总是一步步得逞的,在你仍在祈望更好的未来之时。

哈扎拉尔说:新的一年,所有的希望仍是旧的,尘埃般熟悉而又渺小，无论你是否希望过，你都难以希望什么了。当然这样的表达也是一种夸张的修辞方式，因为只有如此才算是恰当一点。我更乐意的述怀是，有时想象我仍然可以低飞，却不知该有多大的风才能把笨重的身体托起，正如一位老人说的那样，我几乎夜夜眼中都有泪，心终归难以平息，心用来一点一点持续地疼痛。不过又觉得，甚至连这样的心灵境况也已不值再说。人们创造不了新的生活，生活已尽，连戏路都老套了，于是人们连自己的叹息也厌倦，却又在为厌倦而叹息。

哈扎拉尔评价说，夸张作为一种修辞手法，其实已无大用，把生存的世界平实写下，每天都毫无例外地惊心动魄。

哈扎拉尔说，我当然是个喜欢由着性子一直说去的人，时常有报刊约我写专栏，几乎毫无例外地都以失败而告终，我实在无法按章办事按规写作，我只能是自己的主编与终审者。不过可以从另一个角度看，我确实缺乏腾挪与变通的能力。也好，我再不用费这个劲。我继续编自己已经不存在的刊物，只发自己不用印刷的文字，不用听从任何的规矩，哈，刚才下楼快走时，想到，一次又一次，我实在是个无所事事的人，给张办公桌都纯属多余，何况还有间两面阳光、不大有人打扰的办公室。油然有种知足感，尤其是可以把脚架在桌子上看书时。不过读书也是麻烦事，我一边读要不时擦泪，眼睛真是提前老了，不少朋友也这样。现在我就组建个眼泪联盟。

哈扎拉尔说，不知不觉间我发现我已组建了一个眼泪联盟，就是每天都要流眼泪的人组成的根本不存在却始终停不下来的组织，光是想到有这个"眼泪党"就够我流泪的，我看世事心无比懦弱，我理解人事艰难时心又无比柔韧。"有很多敌人躲在暗处"，这并不是比喻，这也不足以使人畏惧，老去同时意味着内在的坚定不害怕，但是你却更怕天下的不幸，更怕疼到肉里，伤到忧伤。这双眼睛也便是这样弱到更弱。

哈扎拉尔说，我会花更多的时间什么都不想，也可能我什么都在想，只是我经常觉得我的大脑是非常呆滞的，毫无成果可以换算成每日应该得到的。有些艺术家，诗人，或各类手工艺人，他们日日忙碌，有人会怀疑他们不问冷暖与各种冷酷，他们如同冷血者，这样的见识当然可疑，我想的是，谁说过啊，“一个艺术家，不停地劳作，他以作品表明自己始终是个革命者”，若是他没有作品，他则只能是单一的革命者，比如他投入这样的革命中。

·

人的左手与右手常常也是互搏的对手，当然这样并不至于导致两败俱伤，这是一个有点暖意的比喻，说的是人总在各种自我冲突与矛盾中找到平衡，其实能这样自我妥协真是不错的事。时常也有人问我怎么看我的时代，我说撇开各种政治，我至少也是一个平庸时代的产物，一样忧心忡忡，安于享福，作为无多，但我又会转念去想，也许我的状态也是大多数生命的常态，庸常社会也是一种“正常”的社会，缓慢的变化无论好坏都有它的逻辑在，接纳它这个样子也如同接纳充满矛盾的自己。然后便能心安理得地该干嘛就干嘛，也许在和缓平静中，虽然悲剧仍在上演，世道仍在衰微，一切多是粗陋，却也不失其属于更多人的平淡的安乐，把世界交给时间的漫不经心中，有一种松弛。这是下午一点四十分在雨后潮湿的空气里我记录下的一闪念。

哲学家巴刻曾谈过人的“软弱与不足”，很多人几乎每天一醒来就想到自己这样的弱点，很多人以为只有自己才有这样的问题，于是免不了会更加沮丧。这个话题真是既有普遍性又特别让人辛酸，确实很难在世上看到“非如此之人”，我们也明白自己就是如此之人，一切如影随形，一切就是生命的底色。一般情形下都是硬不起来，世上各色人等能明白或不能明白的，也无关紧要，此为人的处境。

哈扎拉尔说，我喜爱的特拉瓦尼作家尤扎斯库晚年得了严重的偏头痛，寻医问药几乎毫无效果，他完全不能写作思考与人聊天甚至看电视，他把自己关在一间黑乎乎的屋子里，但还是会听得见街上的广播声，总统不断地在说，对所有的领域发表指示，尤扎斯库只要想到自己和这样低智商又无耻的蠢人生活在一个时空，心就乱成麻，让我死吧，让我一头撞在墙上死掉吧。他很快就疯了，最后是在这样的状态下才活下来的。

哈扎拉尔说，有意思的狂欢是每天的狂欢，狂欢使一切洋溢着喜乐，苦难也有一种被涂抹上的暧昧的色泽，写着遗忘与很快遗忘，一切都在为新的让路，新的灾祸新的突变，接着是新的遗忘，不幸，持续的不幸，使人产生隐秘的期待，一种对不断翻页的喜好，同时深信这才是真正不可变的。醒悟是个难词，愿为醒悟付出代价却是一个时间的词，你更容易相信时间未到，因为这是一个排除法，你不是不能而是现在不能，恐惧才具有重要的强力，它维护着一切产生灾难的“伟业”，又供给夹杂着笑声与泪水的娱乐。

哈扎拉尔说，这是有点忧伤的一天，可以把原因归之于天燥，归之于初夏不适，归之于肠胃不畅，归于之某个特殊的节日，其实核心仍是“就是有点忧伤”，人人都有这样的权利，悲伤悲愤忧愁忧怀等等。大概亦可归之一种无来由的情绪，明白这样的状况的普遍性与生态化，有助于对它的接纳。

哈扎拉尔说，若因情绪而死，肯定会有一些时间点，死的人更多些。这想必也是对的。人易于各种感染，还有的人则在别人悲愤时他喜悦，别人喜悦时他忧伤，这样的病比较特殊。高明的人往往能够不拘泥于身边日日的变化而有在远处的关切，他是逸出者。他不再说到自己。

波林曾经这样对哈扎拉尔说，常常有人以为我多疑多变，其实我思考的始终只有一个问题，比如我出门的那一刻改变主意取消了行程，道理可能要比你想的简单得多：我再一次证实了一件事，我不应该离开家，所有的旅程并没有什么意义，至于你说为什么总是要到了最后时刻改变主意？因为临界点仍是重要的，它的提醒没有退路，之前我是犹豫不宁的人，到了退无可退之时勇气又回到我这里。我的名声可能受了损坏，这不影响我重新展开的宁静。有时我又想，一个人独自出门风险总是更大些，有无数的瞬间你会怀疑自己的目的，生命真是沮丧。独处是一种奇特的能力，尤其在旅途中，复杂的际遇之间。哈扎拉尔又想到他的另一朋友彼特，他可以与多人相约在同一个时间会面，最后他却哪儿也不去，他是延迟者，他又擅长在延迟中不断生出新花样的人，他会深情地看着你的眼睛鼓励你一直说下去，他享受这样的漫无目的，轻声细语，他也记住了很多，这些记忆构成了他魅力的一部分。

哈扎拉尔说，早上醒来的第一个念头竟然是“我相信”，被自己这样的一念之得甜美了一下，我愿今天一整天都保持这样的信心。正像我与一位朋友讨论过的那样，你不爱污秽与罪恶，甚至对之的仇恨也会夺走生活最后的诗意，这没办法，这是“存在之诗”，最需要的并非忘记与逃离，而是就在存在之中以勇气为美，转身就能看到春天的花其实就是属于春天的，头痛症也是，只要还不是太痛，甚至一直这样痛，都是生命的一部分。我相信的是自由，复活的希望，相信爱没有把我们放弃……你也可以在心里哭，为所有身陷罪恶与灾难的人，我们所有的可怜虫。仍然要记住保持微笑、礼节、克制，去倾听自己喜爱的，去安慰自己，开始干活吧。

哈扎拉尔说，维特根斯坦曾建议年轻人选择“诚实”的职业，即那些靠手艺吃饭不须借助太多人际关系的工作，他自己也曾散尽所有家财后到山地小镇做小学老师，想必在他眼里小学教师应是比较诚实的职业，但是在实际工作中他又格外重视那些有潜质的学生，对智愚者则像暴君一般。这是他那个时期精神分裂状况的某种投射。看来要真做好诚实的工作也是难的。我常在学校走动，多少知道一些今天教师工作的状态，他们除了给学生上课以外往往还有另一半同样繁重的事务，内容庞杂名目难以一一辨清，总之是各种政治与行政派出的杂耍，(当然还要加上一些校长可怕的虚荣心)。他们单是要完成这些事务，也要多耗用掉一个岗位。可以说大多教师都做着本分与非本分的两份工，他们不做到精疲力竭肯定是难的，要想克服心中的怨气更是难上加难。可以说，任何一份工作真正称得上诚实所需要的条件，大概也没那么简单。

哈扎拉尔说，认清自己生活其中的社会面目不是一件易事，真正开始于变革的努力则是那些生命强健的人，无论什么时代勇气总是成为向导。同时尤其需要强调的是变革并非只有一条路，也并非只有那些根本的制度才需要变革，即使在走在前面的人之中也几乎没有谁堪称智者。昨天我站在江边上突然想，我们所急切焦虑的一切若是再过上一百年，还是这样子吗？积极主动去改变会不会也有可能反而是“最消极”的，过于刚健的生命，他的能量是否也可能具有更多的破坏性？我思考的转折点恰恰是“为己”的，我就继续坐在临江的茶馆喝我的茶吧，外面时间飞逝，当我出来时，“世界”已全然无法辨别。一个人为头脑中各种意图的争斗而苦于根本找不到解决之道,无力,无动于衷,于是又重新喜欢更深的沉默。

哈扎拉尔说,人生的乐趣就是“大讲废话”,维特根斯坦特别强调这是人本性需要之一。这几年我主要的废话对象越发少了,所以有时会特地到某地痛快讲上一两天,子虚是我相识已久的一个废话者,优点是我们同龄,经历与研究旨趣相似,他思广意杂、精力旺盛,可谓一级话痨鬼……我这会儿坐在一辆晃悠悠的动车上,又莫名冒出一个句子,“人的路远了,神的路近了”,谁说过的呢,谁?有种松弛感,人生就是这样了。

哈扎拉尔说,尤林斯库曾讲,在特拉瓦尼很多亲朋故人为他的言论可能导致的风险担心,甚至在一些地方有人规劝他人时,也会说:“你以为自己是尤林斯库啊,你等着看他倒霉吧”。听闻这些,尤林斯库便越想越担忧自己了,言行举止实在是造成了众人生活的麻烦,不过他又不好四处一一道歉,说是我真的无意于捣乱,也不会出什么问题……于是左想右想,尤林斯库觉得,我最好什么都不再说，或者就说一些什么意义都没有的话，无非就是废话了。还有一种方案可选，就是尽管去写些完全说不清道不明的“伪寓言”。考虑良久，他觉得似乎第二条更为可行，于是果然开始了自己新的写作，这之后倒真的什么都安宁了。

哈扎拉尔说，夜深之后，尤林斯库往往按捺不住想与人说些心里话的冲动，这是他比较奇怪的习惯之一，他说你白天会骂些无聊无耻之人，那是日光之下现形的杂种。夜里它们会早早就缩在自己的洞穴，显得一副可怜相，叫你实在不愿去想它。你也疲乏了，只剩一点点精力，就是一点点的爱意，你会觉得所有不愿在这样的黑暗中睡去的人，他们的耳朵都适合倾听，一切都是静的，弱的，薄成纸片一般的，仿佛轻轻听一口气，低低一声叹息，也传到千家万户。那里，时常有人叹息，怎么是这样，另一个人就会接着说从前，很久以前便没改变过，然后便都会陷到自己的思考里去。一副没有谁非想弄明白的样子。

哈扎拉尔说，尤林斯库在他的随笔中最爱以“我深爱的特拉瓦尼”作为文章的开头，他说只有这样他才知道文章应该怎么写，因为这个句子包含着一个特拉瓦尼作家全部的感情，与其说复杂不如说丰富，“能不爱吗？”“只怕不让你爱，这才是常态”，“有时说着说着，真就不让你爱了”，不让爱可不是小问题，它几乎等于宣告你已经完蛋或即将完蛋了，好日子过到头经常就是扑哧一声就没了。这算什么游戏呢？所以尤林斯库明白自己的使命，实在无法再任性。至今他看上去是这样的。

哈扎拉尔说，任何一个作家都免不了要从另一个作家那里汲取养分，当然也有作家会说他只向自己学习，不过真正要命的总是你向谁学习并不重要，你拿出的是什么东西才重要。话说到如此，似乎也只有那些“好作家”可以说我学了谁谁谁，一个不入流的作家，说学到谁谁谁有何意义呢？即使学了，也实在对任何人都添不了彩，所以你若知道自己才情的真实状况，或不知道自己到底怎么回事，最好都保持沉默，学谁无足轻重，写作纯属自娱，哈。不过，这样的说法肯定害人也着实无聊。博尔赫斯因此才说，管它呢，谁也无非一死。

哈扎拉尔说，尤林斯库常常想自己的胆子真是越来越小了，小得对某个“一直在那里”的危险尤其恐惧，有时觉得它正在步步逼近，有时又像是一切皆为幻觉。麻烦似乎也可大可小，但是只要想到有这么一个危险可能是真的，就浑身不自在起来。更讨厌的是这样的危险是无处确证的，没有人能够去查看那个危险是否真的在那里，或者由此认出它只不过是你对危险的一种想象，这些都是折磨人的事。尤林斯库说自己大概最擅长自嘲吧，每天都会来好几次。

哈扎拉尔说，自然会有些文字原是为了设下一个“空城计”，重点不在于城是空的，而是为了城上的人可以装着从容的样子在那里操琴，时间便聚焦在他的身上，仿佛真有一个瞬间，琴声改变了一支队伍的行进方向。后来这个故事被一再颂扬，以至于很多人都认定自己也曾听见了那些琴声。与其说人们看重的是非常的智慧，不如说，这一切确是伟大的幻觉。人是无论如何也要膜拜自己创造的神奇的，人的神经便不停地受着这样来回的拉扯。

哈扎拉尔说，我给那个机构发了一封信，主要为了检测一下它是否是一个真实的存在，后来我居然收到了它的回复，这让我很意外。因为我常常觉得世上并无这样的机构，我们是因为恐惧，因为要强调身上所含有的危险系数的重要性而想象出一个根本没有必要存在的组织。我这样思考的真正出发点还在于，我以为一个小机构往往是多余的，因为事实上，我们生活的世界就是一个大机构，它已包含所有的功能，也没有必要再作分工与切割，我完全服从它的逻辑，谁都会承认这一切使我们省心多了。但是我不明白的是，光有大组织还不够，因为机构越大越没快感，快感是需要反复细化的，比如一个学校只有一个校长的快感一定比不上一个桌子有个桌长的快感来得强烈。这些智慧都是我要重新学习的一部分，我太想当然了。我收到警醒性的回复时，一下子明白了很多，“千万不要去揣测自己是多余的，有可能是被遗漏的，我们的存在是你生命的一部分”，这样的话语已算是很婉转。

哈扎拉尔说，我时常会被人叫去问些大的问题，世界上大概很少有国家像哈拉国这样关心未来，原因很简单，我们的现在很麻烦。我们很孤立，我们越来越少日常的生活乐趣，我们很害怕连这样的生活都没有保障。大家不要以为有很多人相信高考是通往罗马的大道，于是很多人忙着批愚，真愚其实已很少。愚且乐，应该还是挺美妙的境界，但它一定不属于哈拉国，哈拉国比它有智慧得多，恐慌的智慧，大声喊叫的智慧，围观的智慧。这注定还会有抓住最后一根稻草的智慧。有谁真正在意这世界已很久没有出现天才了，非常久，还会延续更久。我们很忧伤。

哈扎拉尔说，我脸色阴沉却喜欢说笑话。脸色阴沉源于生活的各种砥砺，慢慢地渐成一种精神面相，我没有别的脸可以示人。我唯一能够使自己变得活泼而生动的便是大笑，可以说我的幽默感来自一种精神变奏的努力。这不仅仅需要智慧。更真实的情况是幽默使人变得更有智慧。幽默改变了表达。对笑的渴望使生命产生了智慧的动力。这很有趣，笑声中我们憎恶的一切都作为笑料而有了亲切的价值。不笑的国家比喜爱大笑的国家更不讨人喜欢，这是没问题的。当然有时候还有一种残酷的笑，这真没办法，有时也忍不住。比如就有人在大人物的葬礼上没忍住发笑。这不算最严重，生活中有更糟糕的事，有时因为经历多了，而忘了它其实每一次都值得记下 。

哈扎拉尔说，世上有些奇怪的种子一旦种下，后果就完全不在你控制之中。最近尤林斯库常为这个“发现”所困扰，谈论什么好呢，不是都会绕到这儿来吗，小恶是大恶所生，新恶出自旧恶，而当初大恶只是一粒种子，在千呼万唤中，令人晕眩。尤林斯库把自己的小耳朵（惊恐的敏感的随时等待的耳朵)看作是一只最小的老鼠,唉,怎么又是老鼠呢,总之,它藏在一座巨大望不到边的城堡中,(藏得太久,最后总是忘了所在的洞穴)。现在它仍然在倾听。仍在倾听。没有新的信息。真相随着时间的推移,都不大像真相了。直到有一天,它听到一个声音,“你所有的一切都是罪,都有罪,就看我们是否要定你的罪!”尤林斯库发现自己再也坐不住,也藏不住了。

哈扎拉尔说,尤林斯库的朋友是个大家公认的天才,但奇怪的是他并没有任何传布于世的作品,所有人都从与他的相处中确认了他才是真正的天才,他的伟大使很多人羞愧于自己的名声,宁愿只做他的门徒、信从者,最好是成为他的朋友,以至于后来连提及他的名字都属于大不敬,放肆不得体,大家一律称他为大师,也只称他为大师,说到大师自然指的就是他,语气自是应当无比的恭顺。大家传大师所言,传来传去传最多的,就是大师最常说的,“无所思”“无所言”,他自己也是执行自己思想的范本,很多人都以和大师一样长时间陷于沉默为荣,慢慢地，一个学派就在大师的周围形成了，这是城里这个世纪了不起的大事。

哈扎拉尔说，尤林斯库已经习惯早上一起来就“情不自禁”流一通眼泪这样很脆弱的方式，他说自己只是有老年性的眼疾，内心还没那么经不起各种折腾。当然他也承认自己想得比较多，加上资讯发达使他不能不面对各种各样的不幸。“人没有更好的处境吗？”这是主要的问题。今天早上他一直想着一个词，“一手遮天”。这个词很有气势。词有自己的品性，这个词肯定只属它真正的主人。至于要了解词后面的真相则太难。尤林斯库发现每天也都有专属于这一天的词，是他所认为的那个词，他又想其实那些自己喜爱的优雅的词已经很难出现了。

哈扎拉尔说，尤林斯库对人生很多缅想开始于中年以后。比如这一则：由心头滋生出这样活着也很好的念头，可能类似于一种对激情与放任的放弃，因为你要知道我是安居而停滞的，我爱好一张老木头的靠背椅。这可以用来对生活的解释，老境悠然而至。老并非年龄问题，而是对成熟的喜爱，是缓慢形成的自我接纳——包括无论什么时候我都是用自己的眼去看……我走过很远的路，突然感到了不害怕。

哈扎拉尔说，下午，想着纷扰的世事，也觉得能多想总是很好的，这个活儿适合我的大脑。一直不愿多睡，并非出于某个拼命要自己劳作的信念，而是，有的人就是喜欢不断呆在自己醒着的状态中。这也可看作一种愉快的劳动。

哈扎拉尔说，尤林斯库说在特拉瓦尼有时候也会有社会变革的热烈讨论，其实那是可耻的一部分，因为你不讨论不行，你不按既定的方式讨论不行，你不认同最后的讨论结果不行。这样的讨论当然也是最重要的社会政治生活，进入电视、报纸、广播，最后还要写入教材，成为学生的课业与考试内容。这种状况甚至是喜气洋洋的，教育系统不断有人写出论证文章，赞美与肯定这些改革，同时呼吁应该使改革产生更大的效益，并加强校际之间教学质量的竞争。渐渐的，这一切成了一种新生活，直到被新的一轮改革所代替。尤林斯库的两个女儿都在上学，这使他心中常怀着无以言表的怨恨，他说焦虑和愤怒使我像一棵马上就能燃烧起来的树，可这难道不是有些荒唐吗？生活的逻辑就是这样的，你如果只能在这里跳舞，你的墓地不是就在你脚下吗？

哈扎拉尔说，尤林斯库认为一个中年人的脸才是他内心最真实的写照，岁月常常把难以平复的紧张与倔强写在脸上，这是无法掩饰的生命痕迹，有时会令人不知所措。足够的人生阅历，似乎已经到了所经历的顶点，心智成熟也达到它能够达到的状态，然而冲突仍是不可避免，不愿驯服、怀着怒气……这些描述青春的语句，很多时候也适合描写一个中年人的情绪，谦逊与认命远未到来。中年人几乎比任何时候都更易陷入阴郁与沮丧之中。无望，却不愿接纳，也成了一种致命的危险。很多对生命的加害都来自生命自身。中年是步履沉重的词汇，不过它仍然信奉勤奋、勇气、智慧。这是一种命运的安排。

哈扎拉尔说，让·科克托有个观点很有趣，他说自己很有天分，但没什么才华。他的思想是本能的流露，而非后天的经营。他把天才与一般的才华做了一种区分。生活中我们所见到的真正的天才，总是极少的，你见到又能认出来，也需要极大的才华。这种眼力的训练不是为识别天才而进行的，但到了一定的境界自然就会有识别力。人们常奇怪为何天才更容易惺惺相惜，道理就在这里。所谓的慧眼既可能是天生的，也可能就是后天造就的。让·科克托说的话里，还有一层意思，“天才”往往“偏执于”一端，他自然而然流露了生命中与生俱来的独特性与创造力，他并没有其他的“才华”，亦即你并不能以俗世的趣味去要求他。天才是飞翔者，独往独来，无所谓接不接地气。而才华则属于俗世的，有补于世道即可，它要笨重很多。

哈扎拉尔说，天赋意味着迷失。看到其他事物是一种学习。引导一个人看到其他事物是教师的职责，可是有人找到的教师不像个教师，有人找的教师则是连自己也看不到别的事物，前者往往使人走上岐途，后者则易于使人误入岐途。幸运的是，有的人一开始就认定自己不会有老师或不适于从教师那里受教，他只听从于自己，他所成就的一切全看自己的造化。我不得不说这将会使一个人变得比较骄傲，不过这其实也正是天分的一部分。能明白这一点的人，即是光荣文化的一分子。只有在那里，自由而宽容，至少能使人听见自己的声音，并把所有独特的事物都予以善待。

哈扎拉尔说，以天分去生活又身居无所为无可为的时代，大概亦是幸事。正如一位作家所言，我们以天真而误判了一个时代，又以无知而在不可能之中寄予梦想，最后总是会以有人为之受苦的方式而获得某些醒悟，写作却是要继续的，要不然我们会陷入更深的虚无与对自己的失望，不过我们所写的，“无非就是为了相互看看”，怎么唱和，都不过是在空虚之上添加一点点温暖，这些也是、一直是重要的助动力。这当然也并非什么有趣的事，这是一种生活，它不断重复、持续往下流动。

哈扎拉尔说，今天下午在我城下了场浩大的雨，我的情绪却没有与天气关联起来，原因再简单不过了……我一直呆在自己的房间，喝茶发呆，度过了好几个小时。我最后决定记下这些絮语。你会在有空时看看吗？

哈扎拉尔说，尤林斯库在他的书中提到在特拉瓦尼开展的语言清洁运动。据说在更早的时代科学家就设计出了语音自动识别系统，你只要在电话或某个场合提及某些“禁语”，就会被机器自动识别、捕获，通过这些措施不仅打击了敌对势力的嚣张气焰，也使人民更自觉地使用清洁的语言，大大提振了士气与民心，特拉瓦尼开展的语言清洁运动，更为广泛也更为与时俱进。随着运动的深入，人们越来越自觉地使用纯洁清新，洋溢着“奶香气”的健康语言，就是有时候因为种种原因，个人情绪不太高昂，大家也会特别注意尽量不要用消极语言描述自己的生活，比如决不会说“我有点抑郁”，“我情绪不佳”，更不会说“我恨死了我的国家，我的生活”，他一般会说，“今天我有点例外”，或者，“你不要在意我有点走神”，总之，整个社会确实有种欣欣向荣的样子，人人看上去都非常的自豪。

哈扎拉尔说，我总是喜爱那些迷人的又似无所用心的语言，它们并非特别要申明什么，完成之后也不知有何用处。它们是一种呼吸。它们是时间的一部分。我常会想到这样的写作者，不知不觉也像他们那样看顾着自己的世界，在自己的世界做着白日梦，而且慢慢把做梦变成了生活。我们对俗世的看法已经太多，我们相同的语言已经充塞双耳，灵动而活泼的身姿已不复存在。要意识到这样的危险，唯一的救治还是要回到每一个人的白日梦，这何其困难又何其可贵……这一切不就是另外一种童话吗？如一滴水把世界包裹了进去。

哈扎拉尔说，所谓的乐观是属于时间性的，它意味一种仍然真实存在的“生计”，如同入眠之前从未把“是否还会醒来”作为一个严峻的问题自我询问。“是的，我很好”，说这些话时所有的闪念都是“乐观”的，尤林斯库曾说过，无论帝国如何测不准，特拉瓦尼都会存在下去。无论甚嚣尘上的噪音如何充斥空气，你都不必过于忧惧。有时还可以更乐观地想到，帝国才真正需要与时间赛跑，它的好日子总是会突然结束，这一切可能有征兆，可能根本就没有。尤林斯库在一篇隐匿于尘埃之中的文章里这样写到，“人的勇气来自人性与历史，这是信仰最重要的一部分，有勇气的人总是会在自己的内心提早看到帝国之死。”

哈扎拉尔说，坐在院子抬头看到满天的星斗，颇心喜，都记不得上回看到是什么时候的事了。雷师突然说，我们是天上的人。几个喝茶的人都愣了一下。这看似寻常的话说得不是令人惊叹的事实吗？我们确就是生活在天际之上啊，因为我们的星球无时无刻不在苍穹之中，可是为什么从来只记得自己是地上的人，最多不过想到仰望星空呢？当我们说到自己是宇宙的成员时就像是一种夸张，“重”肯定已种在我们的心间，再也容不得各种被当作妄念的正念。雷师又说，我现在看这个人世万物用的是“死后的思维”，我们已死过无数轮回，从现实中“我也真已死过一回”，现在诸事反过来看，你或许可知自己要走的下一步，如是，便是一种生命的值得。雷师一直是身上自带着光亮的人，他的奇妙智慧常常像信口说出，却火花四溅。

哈扎拉尔说，世界上确实存在着一种“弱者的武器”，我不时从具体的生存处境中获得“随风潜入夜”的想象，那里不再祈望着获救与释放，那里是漫长的耐心与觉悟：长命，沉默，白眼，暴笑，自嘲，怜悯与爱。

哈扎拉尔说，谈论教育，务必论及人性，于是应该更多想到那些自然生发的一切，不是世道难易，而是教育恰恰是最难的，不沮丧，不生乱，就着久已不变的道理，做一些事，一件算是一件，有人会说这就是一份工。

第六章　长空之下

哈扎拉尔说，教育肯定不是诗，它不可能像诗一样放任、决绝。

当我谈到教育，我总是会试着让自己平静一点，不断地平复之后平静的人，

我也会想到教师应该是平静的人。或者，如果我们想象有一种美好的教育，教师就应该是那些有着“丰富的平静”之人，我这么说，亦即为了对应钱理群先生“丰富的痛苦”一说。尽管“丰富的痛苦”这个词相当美妙，但我还是想说，如果是好的教育，教师对学生的示范更应该是从容不迫、彬彬有礼，细致而又平静，因为他们一定是教养和风度的样本。不易动怒，是一种奇特的智慧。

哈扎拉尔说，有时，作为一个问题提出，它并不需要什么理由——

无论你在具体的教学中把一条河的知识教得多么准确生动、引人入胜，你都要想想如果这条河已经被人“投毒”，你该怎么办——所有知识的传授，自然有其本身的意义，不过在一条被“投毒”的河上，关于河的所有知识，分明有一种危险——你一旦漠视或认同了“毒”与“投毒者”，你就成了同谋与帮凶。

哈扎拉尔说，人生就是不停地转页。理解命运的人是命运的顺从者。不理解命运的人是最终被命运嘲讽的人。理解需要的是恰当的知识。

哈扎拉尔说，抄录是抄录者的工作。

萨义德关于人文主义：

人文主义是努力运用一个人的语言才能，以便理解、重新解释、掌握我们历史上的语言文字成果，乃至其他语言和其他历史上的成果。以我对于它在今天的适用性的理解，人文主义不是用来巩固和确认“我们”一直知道和感受到的东西的方式，而毋宁是一种质问、颠覆和重新塑形的途径，针对那些作为商品化的、包装的、未经争辩的、不加辨别地予以合法化的确定的事实呈现给我们的那么多东西，包括在“经典作品”的大红标题下聚集起来的那些名著中所包含的东西。

人文主义的本质，就是把人类历史理解为不断的自我理解和自我实现的过程。

哈扎拉尔说，相信教育，相信教师——“因为相信人类的心智能力”——黑暗终究会过去的信念是人文主义者的基本立场。

哈扎拉尔说，经过漫长的人生跋涉，我意识到，“我是自己最好的老师”“我却不是自己最好的学生”。这是我诚心接受的一个事实。

哈扎拉尔说，人便是自己的迷途，所有伟大的艺术就是最好的证明，不过更有趣的是，人类一直陶醉于这样的遭遇，因为他们发现既然自己是一个过客，那么生活在各种迷茫又有什么不妥呢？只有找不到出路，人类才更愿意过不断重复的生活，这样每一个人所要经历的实在不会与别人有什么太大的不同。

哈扎拉尔说，一早醒来眼睛有点酸涩，心底则是淡淡的忧伤，不过我大概已懒得去说这些了。

哈扎拉尔说，消失的那一天是为了产生新的一天，大地不会因此变得贫困，大地的艺术叫生生不息。而大地的哀伤则叫自我修复。多少年来我常感叹我所看到的土地变化之大，仿佛有人吃了秤砣非要如此不可，现在谁能够想得出生活会怎么变呢，仍然是一天又一天，有的日子叫复活，有的日子则等着重生。

哈扎拉尔说，有时某人会凛然而言，这并不是一个疯狂的年代，“我倒想说不仅如此，现在世界之平和温暖是前所未见的，不信的话，你可以翻开先前所有的篇章”，某人说这些话时眼睛中闪出了光泽，似是一种厉害的力量。我已经没有任何辩驳之意，我以为这些话也原是从疯狂中得到，该有怎样一遍又一遍对大脑的洗刷，人才能看不见自己的处境，而一意信从所谓的“好”？不过有的人如果突然醒了，也会让我感到惊恐。

哈扎拉尔说，你没法计算现在增长的是何种力量，大势裹胁你，你又不全然就在大势中。找一个精神租界固然美妙，可是要先有这样的去处，找起来才不费力。大概已有不少人死在找寻的路上，想起来我定是也为他们流过泪，那些我视为同类的先死者。诗人说天空之大，可用于更多的哭泣，谁不知道呢，哭过之后还可以把泪水擦在最小的花上。当然这个时节这样的花也凋零了。

哈扎拉尔说，我们稍加观察就会明白学校其实是社会专设的训练机构，洗脑与驯服是其最为核心的任务，所有工作首先是围绕其运行的，有独立人格与批判能力的教师往往有一些被清除或被边缘化，一些学校根本容不得有异质的声音，这类严酷的措施完全公开实施并具有所谓的合法性。任何教育变革的讨论都被严格限制在这些范围之内，这样的讨论从根本而言，基本是无益的。教育生机的每况愈下很好地说明了这一切。

哈扎拉尔说，任何人由于人性使然说决绝的话，做决绝的事总是很难的，比如一个人明明知道活着就是羞耻仍会接着活下去，不是因为他期待着前方的转机，而是，一般而言承受羞耻要比赴死的行动容易多了。于是，在这背后，也会转出一门生意，就是以死相逼，以死亡的恐惧作为经营术的生意，很多人活下来了，(当然这是毫无疑义的)，不过，那些死亡的“经营者”每天都在羞辱着你。

哈扎拉尔说，嘴硬、死不认错、以真理自居，其实是生存戏剧的一部分，这种戏剧也可以叫作“血泪戏剧”，看戏者看的正是自己被愚弄、被胁迫、被无休止折腾的现场情境，大幕早已拉开，却不再合上。看戏者一边观看，一边流泪、叹息、无可奈何，更多时则开怀大笑，笑的正是最可怜可悲可耻的自己。

哈扎拉尔说，这些年我对哈拉国的观察，所得并不多，因为你不知其深，不知其变，不知其诈，不知其蛮，不知其残，不知其愚，不知其盲，不知其媚，不知其娱，不知其伪。

哈扎拉尔说，人们总等着新的气象，殊不知城是旧的好，社会亦如此，而有味道的生命更是来自时间长久的围浸。即使我看到春的花春的叶，我仍会想它们的风姿其实也是慢慢地长出，老树生花总是更恰到好处。知道了这些便特别友爱地看着眼前的一切。

哈扎拉尔说，什么样的时代都会出现"演戏"的情形，不过观戏者状态则大不同，有的可骂娘，可公开不认同，有的则只能顺从与叫好，若无人叫好就自己组织或逼人叫好。慢慢地入戏越来越深，真成影帝了。

哈扎拉尔说，有些土地适合爱国，有些土地更坚硬，有些土地你一看到就开始流泪，有些土地松软像糖一样引诱你下跪，有些土地经常发出吱吱呀呀的声音，翻译过来就是“我是你的大爷”，有些土地什么都不长似乎最纯洁，有些土地五味杂陈你说什么都有知音，有些土地你死在那里也无人埋葬，有些土地是你的国，它开了小门等着给你一阵狂扁。

哈扎拉尔说，任何一个民族都会遇上窃国贼，毒害者，他们既制造大到无边的恐怖，又会将这样的恐怖弥漫到所有的生活中去，南美某国的独裁者曾说，“在我做梦时，我都以为是别的人统治着这个国家，只有醒来才会松一口气”。

哈扎拉尔说，世界上似乎并无嗜好吃苦的民族，但确实有化乐为苦、随时要把生活与生存的环境弄得乱成一团的民族，从文化传承的意味上说，这样的民族往往缺少长久而稳定的幸福与整洁生活经验，他们时刻准备着兵荒马乱，灾难临头，一切都是临时、不稳定、不可靠，他们很多时候也缺乏为未来做持续努力的用心，他们信奉及时行乐、当下即福，内心一直住着暴怒、狂放的强力者，他们很少有对美与惊喜的体验，他们受制于惯性，一脸愁苦。博尔赫斯曾用风趣的笔墨形容之："……日夜如奔驴。"

哈扎拉尔说，"浑水摸鱼"这个词语挺有趣，小到个人，大到社会，若想摸到更多的原不属于自己的鱼，往往选择的路数是一样的，就是先把水搞浑，把简单的问题搞复杂，各种相互矛盾、莫衷一是的政策纷纷出台，这样想从中得利的人便能坐收渔利了。因此几乎可以断言，一个社会谣言盛行，这些谣言首先来自上层，来自于社会本身。不透明、不清晰恰恰都是人为的计谋。但是可悲的是没有什么人能够为此发声……他们早已经死了。

哈扎拉尔说，所谓的崇拜也把恐惧深植于内心。两者几乎无法同时去除。

哈拉扎尔说，作为娱乐项目，某城将按时举办年度犬吠模仿大赛，开展此项比赛的原因很简单，它无害、低成本、有娱乐性、有群众基础，每年的比赛日也成了城市的法定节日。不过举办多届后也出现了新问题，就是选手的水平越来越高、能力也越来越接近，很难分出伯仲，于是场外拉票也变得越发重要。令人开心的是你若是这个季节到访该城，你就会以为自己进入了一个狗世界，犬吠声已经响彻云端，所有人都洋溢着幸福呢。

哈扎拉尔说，我突然想到一座博物馆，空空如也。我又想到有空气，有灯，有很深的阴影，一直延伸，是一队沉默的人在匀速行进。他们眼中，他们身上，到处都有一个人。再大的博物馆，到处都有一个人。它不是恐惧。是恐惧不停地返回。

哈扎拉尔说，人类至为沮丧的事莫过于无论怎样，世上的恶从未见得变得更少，大概恶也有一种守衡。切近些说，从卡夫卡之后，世界又改善了多少，他的那些绝望之辞，反倒因为说到顶了而有一些奇怪的温暖，这毕竟是人的气息。有位诗人对我感叹自己收到的或身边洋溢的怎么都是负信息？其实这并非什么例外，不过我的朋友更敏感，也可能他命当如此罢了。没有什么被颠覆的世界要回复过来，而是善恶也是互为依倚，不知你现在看到的是哪一面？安慰从来也不会缺少，就看你需要的是什么。有的人擅长忍着，把自己变成了好奇怪的一类动物。

哈扎拉尔说，我们把太多的心思花在思考上了，愚蠢的制度大概就是有这样的功能，任何一种荒唐之事都会耗费无数人的大脑与口舌，却无益于心智发展与社会改善，因为愚蠢实在是层出不穷，这甚至与人的智商无关，因为恶制度从根本而言恰恰就是要把你引向愚蠢与浅薄，并在其中耗尽一生。

哈扎拉尔说，清晨的空气中突然有种胜利者的喜悦，我想了很久才意识到这一切来自我的梦境，卡威尔曾提到对写字者而言一切的美妙莫过于言无顾忌心有存念，从这个意义上可以说，有很多不能说但实际上人人都在说的人物与事件已经成为胜利者。思想者、诗人从不盯着时势、大人物生活，他以这种方式透露内心的一部分秘密，诗尊于势，道高于权，那些伟大作品中的最微不足道的小人物也有无法掩藏的光芒。这样看来，有些声音更像是我在梦境中对自己的一个交代，有时我满腹狐疑，担心自己又泄了密。

哈扎拉尔说，我发现斯德哥尔摩综合症患者中有不少人同时还会陷入“等待戈多”的精神迷思，他们不是对恶免疫，而是一直相信为恶者会“恶尽善来”，或者他们为恶是为行善扫清道路。

哈扎拉尔说，一个庞大的世界可能是更脆弱的，当你去寻找时就会发现，那里惊恐的叫声把所有发声人的胆都惊破了。

哈扎拉尔说，江是个隐喻，船是个隐喻，水是个隐喻，火车是个隐喻，塔是个隐喻，楼是个隐喻，时间是个隐喻，人名是个隐喻，锤子是个隐喻，斧子是个隐喻，七个小矮人是个隐喻，茉莉是个隐喻，颜色是个隐喻，闭上嘴是个隐喻，开口是个隐喻，走动是个隐喻，停下是个隐喻，围着一棵树是个隐喻，爬上树也是个隐喻……最深最浊的水啊，突然看见一群惊飞的鸟，它们也是一个隐喻。

哈扎拉尔说，那天一滴雨落在我头顶时，我突然想到这是帝城的雨啊。后来闲下回想起这个一闪念，心里不免有种羞愧，帝国大概真的已经种进我的心间，成了一个奇怪的尺度。就是一滴雨也会让我顾及它是否有一张驯化的脸，或者愚从或者莫名沮丧，现在正从我额上滑下？每日无数碎碎念是每日的自我提撕。每日照看的自己，是每日的倒影。

哈扎拉尔说，我要引用一下怀特海曾说过的话，那些害怕“想象力”这一危险礼物的人，最好的办法是把大学关闭！问题在于怀特海是针对自由世界思考这一恐惧的，他不知道那些极端的“恐惧者”另有办法，他们更擅长的是将恐惧转嫁于所有人，不要说想象力早已消失殆尽，其他的天赋几乎也都被洗涤干净。大学仍在，越来越多，但大学与自由、智慧、想象力都绝了缘。

哈扎拉尔说，我心里想的是，我那个时代已经结束了，更不要说我之前的年代。他们大都做了无知、野蛮和懦弱的代表，对人类一无所益却普遍做着帝国梦和帝王梦。现在看来相信时间无非是相信岁月终究可以带走灾难与垃圾气息，相信未来的孩子身上定然少很多血腥与戾气，相信不幸的民族也有自我修复能力。

哈扎拉尔说，人类创造自己的生活，品尝自己的蜜，有时是议会，有时是情报局。有些风韵特别适合想象。

哈扎拉尔说，人们常常想到凡是值得做的事都不容易，可是更大的问题难道不是在判断本身吗，有多少人身陷于错觉中而难以自悟，或者以为已经脱胎换骨却是被更大的麻烦所纠缠？顺道而行决非易事，上帝在每个人身上都设置无尽的岐路与考验，并非要人努力挣脱，而是要相信挣脱的可能，一生与自己相搏。说难，这便是。最后有些人忘记了挣脱，信从了自己之所信。

哈扎拉尔说，那天我从村落走出来，看见前面有条河，渡过河便是一座小岛，小岛是由沙土沉积而成，原先还有一些住户，后因交通不便都搬走了。但老鼠不能搬走，现在岛上处处都是老鼠窝，大白天也是鼠声吱吱，令人惊恐。在那里要抓老鼠有何难哉！那本来就是一个鼠国啊。

哈扎拉尔说，有时我不知该怎么说这样的事，我想着又免不了说出来。在哈拉国，那里最有意思的事情是，说着说着，你自己就变没了，这样的事发生时你自己并不知道，你仍热火朝天的说着。事实是一个说话的人，你并没有消失，是听你说话的人消失了。这里无人。到处都无人。有人帮你做到了。

哈扎拉尔说，时间告诉我们的比所有的一切都更多，相信时间的人活在历史之中，它带着我们走，我们却可能因此更有宿命感与生命的悲怀。不过，这其实也不错，我们感受着复杂与丰富，看到了更辽远之处。

哈扎拉尔说，魔鬼从来不是单个的，无论什么时候，在什么地方你看到魔鬼在做恶，你都不要以为它是偶然，易于除灭的。魔鬼从来都比想象的步调更一致，更像一个组织，更有纪律性，它们目标统一，相互催生相互壮大，始终充满力量。

哈扎拉尔说，人类每个时代的疼痛大概都要花上一百年才能得以医治。

哈扎拉尔说，保持温和从容的方式对待你所厌恶的权力肆虐，真是极为困难的事情。有的人会幻想自己能置之身外，这类想法都是一种自欺，就是用心于精神的贞洁也何其难，你又不能闭目塞听，也不得阻断交往，活在不认同不投降中，就如无尽的修行。却也是最后无处解脱的。

哈扎拉尔说，老鼠会怎样思考问题呢，比如饥饿，比如哪里安全，比如它很强壮，越来越强壮，比如它能否成为一个国王？到处都是喜庆的氛围，还是做个国王比较符合它的心意，我说我显然已经回答了自己的问题。现在，不是一个特殊的时刻。我是一只正在回答问题的老鼠。今晚也不错。没有别的联想打扰我。

哈扎拉尔说，我费很大的力气不过明白一些在别的地方早就成为常识的道理，我却仍为之感到欣慰。因为任何时候你变得更明白一点总是有意义的。今天顺着这个思路，我想到的是“你必须知道体制有它的逻辑，它任何再愚蠢不过的举止也是它逻辑的一部分，按照这个逻辑，你根本就无法可说”“一个人不可能既遵从这样的逻辑，又想做一个自由的人”。

哈扎拉尔说，此时此刻是一个一直美妙却极有可能不在场的词。你听，大概也仍在说，仿若耳中森林，过眼之处的城堡，迷幻的飞行，雾中升起第四帝国。现在一切都停止了。

哈扎拉尔说，无论怎么理解，世界的发展都有一条隐秘的“意义”线索，你也许会看到强权、主流、合唱，种种对活力的扼制所造成的貌似牢固实为板滞的干尸般文化形态，但是不为人知、多数人看不到或视而不见的“意义”系统仍然深扎在土壤之中，奇异之花已经在生长。

哈扎拉尔说，一个天天盼着富强、战无不胜、敌国日趋衰弱之国，想必也是天底下最可怜的。看到弱者受欺凌，穷病者走投无路，却说他时运不佳；内心胆小如鼠，却伪装生活在最温暖的阳光下，得意而忘形，其实也就是一个有病的人。博尔赫斯曾有如此感慨，不要遗憾那些虫子没有脑力，因为它就是虫子。

哈扎拉尔说，我们信赖被记录下来的文字，所谓的信仰便需与这些文字关联，有没真正的信仰在此之外呢？大概没有。但是所信的即使是真信，也难免虚妄与混乱，因而更需要有一个平衡石，稳定器。恐惧。

哈扎拉尔说，最近有个愉快的发现，真正的变革可能恰恰是从无聊开始的，要想使僵死，虚伪，荒诞一步到位变得鲜活，真实，灵动，肯定比登天还难，也完全不现实。那么，我们不妨先松弛起来，不指望什么，也不急于实现什么。我们能做的第一步，也许就是玩自己的，自得其乐，自寻其趣，自狂自大。

哈扎拉尔说，一个庸俗时代的最重要标志就是它甚至没有诞生任何一个真正可诅咒的人物，这不是可以获得恩典的世界，这也不是已经变得虚无的世界，这个世界只是使一切都微不足道，所有的发生就像没有发生过一样。这个世界最合适的食物就是遗忘。

哈扎拉尔说，清洁的思想必然来自清洁的空气中，污浊只会令人窒息、崩溃、偏执，找不到出路。至于恶之花，固然也有它的美，却是地狱的微笑。不过人之不幸往往有着奇怪的历史性，这就是恶魔之大恶的奇异性本身就会令人向往，如同一个人被挖开了心也喜爱尝上一口，人期待奇迹，人把恶当作伟大的胜利，人服从自己心中之恶，人需要依靠。人打着灯笼照见了新的主子。

哈扎拉尔说，所有的自我激励多么靠不住啊。以前我还会想至少还有青山绿水大树可以看看，现在可以安慰我的还有什么，进而我还想到大概这些话最好也不要说了，轻的飘过的闪念，无非说明精神的困顿到今天确实无以复加。

哈扎拉尔说，只有理解了归乡的路，我们才能再一次出发。无论爱与丧别，都是身上的印痕，无论千山万水，天涯只负责思念。离绪涌动也不是你已经失去，有时你望着望着，却只能无语。

哈扎拉尔说，某些惊吓已植入我们的灵魂，终身难以摆脱，我脑中几乎每天都会闪过这些斑斑点点。我弄不明白的只是为什么有的邪恶就真的无解，我似乎仍难以从早期的信赖中完全摆脱出来，真相对我而言，常常变得极为痛苦，我并没有别的出路，我身旁的人也大都恶魔附体，生活是一片沼泽地。这是命运最寻常的状态。

哈扎拉尔说，那里的人喜欢嘈杂、相互贴小纸条，他们没法坐下来聊天、讨论、真诚辩驳，各自都有自己的小秘笈，藏在不同的口袋，又随时可以派上用场，他们都忘了自己其实在黑暗中沉潜太久，浑身都是黑夜的味道，他们所看到的光亮只是一种幻影，它已经变得毫无意义。也有人自谓“类人孩”，他说的也只是痛彻的无望而已。

哈扎拉尔说，一个人往往记不住别人的灾难，一个人往往会沉溺于自己的痛苦，人从苦痛中来而爱上苦痛也是有道理的，往回缩总是缩到最深的记忆中，那不是得救，那是人的命。为历史而活，活在时代的前面，需要多大的担待？总是有些人做到了，这些人是我们的导师。

哈扎拉尔说，很多人告诉我，我们已经忘记了生活的荒诞，更具体地说，只要不再有考试，内心便会从容很多。我们都有一个格式化的心脏。但我也明白总有人，就希望人人生活在被考试被不停检测状态之中……

哈扎拉尔说，让我恐惧的生活是无力改变的生活，一个习惯在社会生活无语、在个人生活马马虎虎的国家，语言堕落的速度也是惊人的，但是很快所有人都忘记了这些堕落，因为人们的心灵已提早定制了自己的需求，从它的需求出发，他们与粗鄙、低俗、拖沓以及一贯的假大空很快就在路上相遇了，他们使用了自己的不幸。

哈扎拉尔说，苦难的价值常被夸大，夸大者不会想到仍身陷苦难之中的人。而在一些地方，对不断滋生的灾难、腐败的围观竟成为一种生活，似乎唯有如此，人们才能看到希望，得以度日。大多数人心中的暗河都更适于地狱之船，你随时可以听见自己的呼唤。

哈扎拉尔说，一个王朝统治太久，有很多旧词也会随之灭绝。今天我突然想起旧时代这个词，惊诧已找不到对应的年份，又想到从生活中已经再也看不到旧时代的人。然后，我才开始细想所谓的旧时代到底说的是什么？我不敢说这是一个绝望的音调，与我的生活完全绝缘，但是曼德尔施塔姆所说的对世界文化的乡愁，一定包含其中了。

哈扎拉尔说，我特别惊叹那些在社会大灾难到来之前逃离的人，他们有着怎样的预见力或者是奇怪的幸运？想想就会让人羡慕，当然更大的问题往往是，某些大恶并不是一下子就发作的，当大恶还仅仅露出端倪时，又有多少人能够识得，再等等、再看看，仍然怀抱期待，大概便是人们普遍的态度，这些因素既助长了恶，最后又必受恶果，可惜这却是一种通常的命运。可以说这样的悲剧，什么时候都在上演。

哈扎拉尔说，能够理解这个世界是最好的，如果能描述你所看到的也是不错的事，比较有耐心细细碎碎看顾、记录自己心中所动，从文字中逃离到另外的文字，也许就会坐而忘忧，得到渴望的完整性。这样的说法，包含着远离世道的乐观，人生的重点恰恰就在这里，一个人是否孤立，是否热爱孤立，从来不是什么问题。避免过多的卷入不良的生活，杜绝把宰制我们精神世界的人的名字挂在嘴边，才是值得认真的事。

哈扎拉尔说，如果早起我总是会到树下听一会儿麻雀的欢叫，这是快乐特别多似乎得到格外祝福的鸟，它们对我的陪伴也是从我的童年开始的，最像是家里的成员。

它们很少生气，对生活起居也不大计较，这样的风度可能正是神性的一部分，却一点也不神秘，我的记忆中没有什么特殊的细节被我记住，但我一说到鸟首先想的就是麻雀。还有一点可以强调一下，它们居然还是一些人下了大决心却怎么也无法灭绝的天地的行者。

哈扎拉尔说，我们总以为我们正在经历的一切是最糟糕不过的，其实远非如此，正要到来的才是更可怕的。用一种乐观方式去思考，我们的每一天都比明天更好一些，我们仍可以把今天当作福祉、享乐，灾难是在我们的前面。我们继续活着，就是为了看到所有的预见都变成真实，所有的幻想反复地一一破碎，某些历史的时刻，对一些人而言，无非是为了使你相信恶、跟随恶，对另一部分人而言，则是每一天都是挣扎与觉醒，把绝望变成一种希望。

哈扎拉尔说，即使在最绝望时刻，我也仍然信赖历史，我仍可以从时光永逝中获得勇气。诗歌作为人类记忆的最后也是最重要的一部分，它总是提前记录了死亡的发生，它嗫嚅的嘴唇曾使所谓的王道与导师成为耻辱，今天我仍从这样的声音中听见自己所信任的召唤，“僵硬的燕子长着圆形的眉/自坟墓向我飞来/说已得到足够的休息，在它们/斯德哥尔摩冰凉的床上”。

哈扎拉尔说，在大的夜幕中仍要狂吠不已，不是要为谁听见，是愿无愧于自己的泪眼，也是因着血中的盐。发出异声，原是性命所在，用力，也用上绝望。

我想多看看树

1

“许多人想登上月球，我却想多看看树”，这句话是我深爱的一个人说的，很多人爱她，她叫“奥黛丽·赫本”。我的钱包里一直放着一张她的相片，《罗马假日》的剧照。这件事比较好玩，我常忘了有这张照片，好像她是另外一个人，很偶然被我放在皮夹里的某个人，她的品位如此优雅，却又可以成为我们生活中的一小部分，非常非常小的部分。

我并不知她如此地爱着树。爱树的人中当然也有渺小的我，我无论到哪里，总是会首先看到树。如果是到一所没有树的学校，我就几乎不知道说什么才好。

2

我一直说着话，那时是在学校，是在某个教育的会场，我以为自己也能像树一样呼吸，汲取，然后吐出晶莹的叶子。

我总是会想到，上初中之前的假期和周末，我都是在树上度过的，家附近所有的树我都爬过了。我还对所有的树都做过细致的端详，有时为了寻找画眉鸟狡猾而精巧的窝，我会在一棵树下呆上两三个小时，是一直仰着头，心无旁骛地看着那样的两三个小时。今天当我再想起这一切，心竟然有一种疼痛的感觉。

那位意大利哲学家吉奥乔·阿甘本说的，“生活被赋予一种本来只能在宗教领域施行的力量。如今，生活是神圣的领地，是唯一的存留之物。那么，它指引的究竟是什么？不是它的意义，而单单是它本身。它化身为美，化身为痛，化身为谜，与意义不断接近，却永不将之吐露，同时也永远保持无法命名的状态。”

3

我能够。

我能够看，阅读，聆听。我能够伫足，思考，或有所领会地分享所见之物，这种甘甜越是隐秘，越是等着你去发现。

我能够回忆。这是我最害怕丧失的一种能力，当我说我再也想不起时——我内心只有一个信念，让这一天永远不要到来吧！可是它已经到来，一点一点，仿佛空白被某只手打开，不断扩张它的领地。在丧失之中，我日渐谦逊，日渐平淡，我还怀着对自己的歉疚。

一种不由自主，然而又是必经之途的“自我废黜”。

生命也总是做着吸纳、汲取、承受、担待，然后又逐渐自我放弃的工作。

无限复杂的生命，最后选择的是最简单的解决：吐出。

4

你可以观察一棵树，平静、松弛而又生机勃勃，愉悦的、可信任的、不会扰乱你观察的随风摆动，每天都生长在固定地方的无可比拟的忠诚，耐心而又可靠的陪伴，多姿多彩的性感？你看着它的脸，就看见了它的全部：本质、本性或者还有更多隐藏不显的生命含义——它不是分离者，不会设计某些你看不见的阴谋，它自爱，珍惜每一片叶子。

5

不死的是那叶子
因为它一直在长

每一次我耐心观察，总是为叶子任性的、自然无比的从枝条上、从树干上生长出来，感到惊讶。在后面催生着带着难忘的固执，难道就是为了你不断地相信？

哈扎拉尔说，我又变成了“不作为”的“变革者”：不再抱有幻想，不再用心于推动，也不希求有什么新的见解。我把教育就看成“这样子”，有时是不幸的、哀愁的、无可奈何的，有时又是变化的、带来生机的。它就是今天这个时代只可能有的样子。我注视、思考、理解，我把一切看作是生活的状态，也可以说我自身的一切，就是尽可能对生活的还原，把自己推到了无所欲求的状况。这样说到教育时，我就如同说到任何事物那样。

“我说到的总是自己”。

像希梅内斯笔下的“小银”，像患了严重神经官能症时写作“小银”的希梅内斯，我不是说疾病有何美好，无论疾病会有什么“创造”，我都不忍去赞美它。我赞美“小银”，赞美安详、平淡，赞美生活在“从容”之中的所有人。

你要这样读：“上帝正在他的水晶宫里；我这就是说：在下雨，小银，在下雨了。”

你试过“这样读”吗，轻些、淡些，先温润两唇，就像你看着小银的眼睛，他的唇，他是聆听者。

你再也不会简单地以为你所知道的就是整个世界。

你所知道的是你自己被映照出来的影子。

哈扎拉尔说，我经常做着在众人面前说话的活儿，有时简直觉得太委屈了自己，这种自控力却时常被人看作就是一门艺术，我也承认一切实属不易，你又废不得自己的手艺——口艺，由不得自己不啰嗦，在内心，暗中修炼，残疾的秘笈。之前我常以建设者自诩，其实当然可以诩之又诩，没人与你争，也不会有人太当真，我的老师老友雷先生对我说，何必又在乎谁说了什么，谁又不说什么，你要做的就是为了小学课堂上的小女孩，她们是未来总统的奶奶。原来如此！

哈扎拉尔说，疑是可以继续读书，疑是一个阅读者，他就是我，我又是书中的主人公。我阅读时成为书中的人物，我以书中人物的方式不停地铺陈自己正在展开的故事。如果没有出差错，我就会坐到靠东面阳台的房间，即使是在大白天我也会打开台灯，灯光让人不孤单，同时有一种故事继续下去的氛围。我从来没有试图摆脱这样的局面：一个人坐在两排书之中，近旁的书甚至会碰到手肘，我暂时不会想到那些更远更宽阔之处，如果要看风景，我也要侧过身去，或者走到阳台外，这样的事情在我坐到桌前之后，很少发生。这里似乎只有一种接着写字的气氛，吐出我的精神负担，不再感到厌恶与疲劳，这就是我一定会选择的工作。

坐到桌前时我和社会、教育之类的关系往往立刻变成了罩着一层纱布，你可以看清，但你不必看清的关系。我就是喝水，也与在其他地方喝水不一样，玻璃杯子放在我可以毫不费力就能拿到的地方，灯光也映着它，水喝了多少，一眼就看得出来，更重要的是，我一般是一小口一小口地喝水，一点也用不着着急，很可能这就是一种家的感觉，一切都变得松软、知悉。我不必像用力骑单车那样，维持着车辆不倒下来。

声音

1

我坐在五楼，楼下空地上孩子们的喧哗还是听得非常真切。他们刚在这座楼上了一节“录像课”——教师出于某种需要常要上的课，孩子们是道具的一种，他们尽管在来之前已被重复“试教”过，交代了很多要求与规矩，但仍然对可以离开学校，在摄像机的镜头下上课，感到兴奋，等到课上完他们的声音则仿佛完全释放出来一样。我不时便听到这样快乐的叫嚷，有时还夹着教师厉声的斥责，最后则是这些声音渐渐地远去。这样的感觉也很奇怪，常常我特别愿意孩子们在院子里多停留一会儿，他们好听而又放肆的声音就像骰子扔在钢碗里一样。

说起来我已经很长时间没有坐到教室中了。教室里发生的一切似乎都印在我的脑海，然而我每次坐在教室里所看到的一切，又总是各不相同。他们不是因为我的在有任何不同，而恰恰是我在，我临近一种生命的生长，这使我也获得了特殊的哺育。我反转着走向自己渴望得到的前景。

2

我又想到一个词。非确定性。有些事实如此“真切”地放置我们面前，每个人都可以确凿无疑地认同从中所得出的结果，我却迟迟不愿做出这样的断定，我要把它虚置以便可以继续与之对话。

在虚妄的想象中我自己同时是个不安的倾听者。

哈扎拉尔说，我已经把谈教育列入了我每天都要思考的工作——每天回到这条波涛汹涌、前方诡秘莫测的河流边上，我最大的感叹实际上也是最常见的理解力：我们还谈什么教育？我渐渐明白，我的工作并不是要对这条河流再做测定，这样的测定很多人已经将它完成了，我们要回到“教育”，讨论教育所应有的面貌、奥妙、可能性，就是反而应该从根本无处实践的“教育”谈起，先从虚灵处去寻找立场。不是仅仅揭示弊端，最根本的是，明白教育超越的、具有普遍性的价值、态度，方法，把教育中源于人性、最终又将有助于成全一个人的一切思考通透。不是现在开始就变革，不是幻想变革仍是可能的，而是只有人性的教育才能映衬出今天教育致命的弊病，它才可能成为我们对未来继续抱有信念的重要支柱。真正的变革就是使教育回到教育。

哈扎拉尔说，无法想象或者无法有预见力的事情是：有一天我们连同天空的蓝色也失去了。诗人荷尔德林称之为“眼睛的蓝色学校”——无限幽远、深邃、不可思议、令人着迷、令人敬畏的不可知处，星辰、云彩、月亮，惊异感与想象力，都不再属于我们。所谓“仰望星空”成了空泛的虚言，还有多少人记得那就是一所真实的学校，当我们抬起头，尤其在夜晚，我们便是活在令人怦然心动的神秘之中。尘土的歌如果没有天空的对应，大概就不值得反复咏唱了。

也只有在这样的天空下，人或许才有真正的听力，它是“反反复复的倾听”，它听见了天地的语言，命运的暗示，它听见了倾听者深藏心底从未被自己所洞悉的暗语。他要从倾听中获得飞翔的冲动，仿佛有一个瞬间，你能够看到一对翅膀已经在扇动。而在另一瞬间，这样的想象会成为我们对生命最严肃的考验。

哈扎拉尔说，我在这样的笔记本上，像纸和墨水一样呼吸，夜深时所有的声响既是自然的一部分，又使你突然被惊动了一下——今天下午当我在公园里散步时，我大脑的逸思触到某个属于我的重大话题，就是，即使我这样漫无目的散步之时，我仍怀有一种无常的恐惧。关于我的思想处境，关于命运加在每一个人身上无处解开的锁链，我只不过无法活得像不知道这一切那样好。我只不过要承认，我已经认定应该有一个更好的世界，值得我们每日为它忧心忡忡。

多年来我就持续地谈论教育，我所谈的都是人生与人性，于事无补。我更愿意把思想溢出之处看作对时光的摆渡，恐惧有一张复杂的词汇表。

哈扎拉尔说，我们的援助者都已在我们的生命中出现过，不会再有新的了。

几天前去世的诗人西默斯·希尼写有诗论《诗歌的纠正》，这个题目我也可抄过来仿写自己的教育小文，为《教育的纠正》。我越来越深切地信赖教育的依据与最后的力量——人性。人性既是确切的精神存在，它引导人走过无数黑暗、绝望，如同所有趋光物那样朝向真善美，它总是能够最终获得复苏、觉醒，并不断得以生长，人类的存续和发展，人性才是最为根本的动力。相信教育的真实意义就是相信人自身，我们每个人同样可以在自己身上获得这样的启示。

焦虑可能是教育的一部分，绝望却不是。

哈扎拉尔说，有相当长时间我都把对教育的思考落脚在“唤起更多人参与变革”上……似乎投入越多，“唤起”的也就越多，汇合成的力量也就越大。这是一种“梦幻般的凯旋”，在现实生活中从未出现过。

哈扎拉尔说，这是从保罗·策兰的文中读到的“格言”——“伟大的心灵不会把自己的困惑传给别人。”

哈扎拉尔说，要靠近怎样的伟大呢，“我被你充满了”。人的一生难道不是一直生活在困惑中吗？当我谈教育时，我也会想到“得过且过”这样的词语，人各有其命，说的也是时代的运命，又叫“生逢其时”，便会有适者之智，痛苦什么时候能避免呢？痛苦各不相同，痛苦本身却是一致的，于是我不是消解了痛苦，而是消解了痛苦只属于我的痛苦，我便从“变革”退缩为承受。这是不错的自我认定。

有些见识中所蕴含的智慧看来也是时光之赐。

哈扎拉尔说，不再有人提到文笔。我面对纸是为了平息由于焦躁而引起的无聊。

这样的时间越拉越长，“我每天都在思考”，为了恢复作为教育研究者的本分。“我每天都在尝试继续写作”，为了我继续回到人能够成长的现场——其实很多文字产生了，新意却不能产生。

哈扎拉尔说，最近哪一本书都很难看完。

我从杰罗姆·布鲁纳《有意义的行为》转到普里莫·莱维的《被淹没和被拯救的》，在快要读完时，却决意让自己轻松地开始埃伦·兰格的《专念——积极心理学的力量》阅读。

其实这是不读书的一年。

哈扎拉尔说，阅读变成遗忘，在"绝望中"无法汲取力量。

哈扎拉尔说，如果你每天都是阅读者，每天都有一长段时间用于凝神、身心聚集，看见自己、看见自己在世界上存在，"仿佛一个沉溺者进入一种完全透明的光中"，你一定已经摆脱了一直困扰你的恐惧，你已经以极为强韧美妙的耐心做到了这一点，你可以享受自己的喜悦，你已经拥有了宁静的内在。

哈扎拉尔说，也许人一生最大的努力便是这样不停地寻找一盏灯，这不仅是为了获得确切的依赖，而且，这样的寻找本身就是至大的快乐。

闭　幕

1

每个城市都仿佛，为了加强你的记忆而将显而易见的创伤，展现在你的面前……居住在这样的城市，耐心往往就是一种呼吸方式，无论晴雨，或者浓厚的雾霾，你能做的就是一以贯之地继续。继续活着；继续活向死亡……“配送到你手上的，不会多于这些”，这像是一条箴言，可以作为城市最主要的风格，如同“每天给你一个新城市”一般精准。据说，后一条是很多城市营造者最为恰当的内心写照。它们都适合张贴在道路两侧，用上浓重的红色，一条是面向未来的，前一条则是永远针对着现在。

在这些城市只有灾难是一种意外，因为它需要的不是预见性和防范能力，相反，它对灾难有种不加掩饰的亲近感，它从内部一而再地预设了灾难，但灾难仍是突如其来，不可捉摸。每次灾难到来之时，你都可感受到惊人的一致性：慌乱，冷酷，谎言。仿佛只有这样才能够刺激你的想象力：它们总是在哪里生产着灾难的种子，就连它们自己都不知道这样的播撒多么符合行之有效的传统。

我只能说很遗憾自己不小心用上了这个暧昧的词："传统"，我不想用任何"一年否定另一年"，或者用后一年遮掩前一年，它们确实有着牢不可破的整体性……今天再被提及的所谓的传统，只能看作确实是一种割断，与旧的社会的、文化的、人性的割断，它已形成自己的"虎虐"方式，它通吃，虎虎生风，虎虎有生气。

我刚开始试着说到一个城市就不知道说到哪里去了。哦，我时常做着我的大国梦，辽阔无边，一直走不到头，有无数可以潜伏之地……还有另一个念头更要命地压迫着我：所有的城现在都比古代的那些小"国"还要大，无论什么时候你都举步维艰，你穿过一条街，都像穿过一个世纪。更不要说你在这条街上会遇到什么。有个女人就说她曾两次在一条街上生过孩子，当然这也是我偶然在公交车上听到的。我看着司机一下子从青年变得白发苍苍，他自己却不知道这样的变化。其实真正的变化都是以不变的方式进行的，比如时间。比如我数数。我从某年数起，之前，然后，之后，再然后，这个时间就消失了，从哪里都找不到，那个在街上生过孩子的人，她的脸从窗前晃动一下，露出的笑容还停留在玻璃上。

于是我更相信我所听到的，因为不需要确证，像是梦一样有一种迷离的氛围，每一次我从办公楼走下来，我都在听着这个城市的各种声音，你怎么说它的单调都可以，无非是鸣笛，救火车的呼啸，所有人都在用力喊叫，所有的车辆都堆积在那里，等着突然的放行，然后进入无数的挡板、土坑、转弯，仿佛就是为了逃命它们才这样整齐划一，它们有一颗同样的心。

有时你意识不到对一个城市而言"晚到"是什么概念，只要你看着你就能明白：它一直是晚到的，因为它也不赶路，它有一股发霉的味道，一种说不上什么原因造成的褪色露出的斑纹，它是突然停下来的自我哀悼，一直无法走到结束。它供给你对过去的想象和对未来的恐惧。而这样的描述似乎也是最简单的，它符合你每天的生活，以及由这样的生活产生的严肃感。

2

有些日子太害怕了，我就呆在床上。

害怕什么？害怕什么事都做不了，起床后只能发呆，那不如就呆在床上。

居住在城市的好处就是你知道自己住在城里，不需要任何的想象，你观看，总是接着观看。

有一次我在天桥上迎面看到一个熟悉的人苍白的脸，躲闪已经来不及，我只能继续走路。

第二天一早就接到她斥责的电话，“你不要太放肆，你所做的事情我要告诉你的单位，让所有人都知道。”我一句都回答不出来。

傍晚她的丈夫，我以前的朋友 W 先生又给我电话，“她打电话骂你了吧，她说昨天在天桥上看到你，你的眼神充满了讥讽。”我说，我实在躲不及，心里其实是害怕极了，我又不能把这样的心声传给她。后来我搬家了，一直想着要不要把家里电话号码换掉，最后仍然保留下来了，我要继续接受一种恐惧。

你这样听我所说的，你多少能够明白这个女人怎么回事吧。我并不愿意说出更多。一个具体的人，她会得各种各样的病，你没有说出来、公之于众，她仍然受到了伤害。至少在我写下这些文字时，我是这样想的。

3

……

4

我和彼得在谈天。我说世上最可怕的兽，是一种魔兽，它可以是任何一种兽，又可以是所有兽的组合，或任何兽的任何形式的组合，它无原则，而只有一种“胜”的原则，也可以叫作“有续”“不灭”的原则。它无形，它有形，它看不见而有形，它看得见而无形，它千变万化而漫无边际，它武装到牙齿而坚不可摧。

彼得说他听后，顿时惧而不能出声。

5

清晨，止住忧伤。

午后，继续忧伤。

木沙尔说，这就是生活。

你在清晨看到溪旁低矮、朴素的小屋，不会在午后就想到在它的墙上写上红色的“拆”，再把这个字圈起来，你就是一个正常人。

你在午后看到一个阳光明媚的学校，不会在夜里就想着把县政府迁到这里，再把学校迁往他方，你就是一个正常人。

……

木沙尔是个儿童，十一岁。他在我笔记本一个空白处写下这些句子。

6

所谓的孤独，最重要的意义便在于孤独，不是完全失去其他的能力，而是只有这样的状态里你才能把最痛最伤的一切，反反复复地细细体会。

有时你坐在那里，就在众人中间，你也把自己隔绝在一顶帽子之下。不用藏什么。

7

记录在案，一个绘本画家说："书能医治人心灵的创伤，对人的外伤却毫无用处。"一位有时用"LK"称呼自己的朋友，读到此句，会说书对身体所有的伤其实用处都不大。

静是什么，听到所有的声音，以为都是为自己发出的，然后淡下去，只听到属于自己要的声音。

8

有时我以为独自留在洞穴中情况会好一些。只听见自己要听的，只听到自己的心跳。整个世界仍是活泼泼的样子。洞穴的样子。

总是要先召唤自己，明白把洞穴建在哪里。

9

每一条街都有一种车开不到头的感觉，没走几步你就碰到一个红灯，接着又碰到一个，接着又是，实际上你仍在原来那个路口，所有方向的红灯都长于绿灯，为了显示繁忙、秩序，闪亮的轮子。真正的崛起都在地底下，谁在挖呢？你想过去它是黑暗的，实际上却灯火通明，达到白热化又如鬼神不为人知。如果不是有时突然的一声爆炸，又一声爆炸，（不过接着，在最快的时间里它们又潜伏不见了）。似乎爆炸也没有发生过。灾难，虽然被人传颂，但却是一些错觉。那些闲着没事做的人才是另一种灾难——这话不能传出去。于是谁也不会构成威胁。世界不是用来领悟的，世界用来构成，每个人占领一块，接着，它说这是历史的选择，它便成了历史的一部分。

10

我经常思考一个问题，就是“我是一个无法自我虚构的人”。太真实到底是什么意思，就是我每天都只能按这个笨重的身体去生活，我就在特定的时空中，几乎无法越雷池半步，这样的状态真是让我，强化了自己对现成世界的感受力，没有新的生成，没有例外，只有不停地纠缠入灰暗、情绪性的精神生活，我是现实的反光面，暗黯的那部分。

我会想起我对时间特殊的经历。某一个时刻开始，仿佛热度突然消失了，人们到了另一个世界，不知不觉的到了你不相信的世界。说“不知不觉”是指时间的转换，我们的身体知道这一切，忍受着这一切。它是哀凄而又奇怪的，哐当一声，你已经站在那里，风景变了，成为你惊恐的格式。早知会如此，难道不是还会害怕真的如此吗？

我不是用诅咒交代自己的生活，我不交代什么。一个人要清算自我多么难，总有人做这样的傻事。先是以为只要做一次，没想到后来却一直做下去。一次又一次，有了点瘾头。退不出去了。

时间就是宿命。你看着就明白,它是不一样的路。有的人找到自己的方式,还有的人总是找不到。惶惶然,是因为身体也是一点一滴地流逝了。这种感觉大概只留在自己的心意里,不管真假就是留在那儿。

有个句子挺有意思,“我年轻时有点才华,但是我把它放弃了。”后来你想起这一点又是什么感觉?其实所有的才华都是一份赠予,在时间中迷失的人,哪里还记得这些?

我再不愿意从那一刻谈起。时间并不是分裂的,只是我们会以为前后是两件事。

衰老是一种财富,就像一辆新车,你不会觉得关门声有什么奇怪的,若是老车就不同了,你会想不到它关门时发出的声音。

这个比喻还不够到位,不过你已经明白我的用意,我说的是在一种长度中应该有多少的意外和各种遇见啊。

哪怕各种扑克脸谱,也有不同的版本。

11

我只能相信我就适合生活在这样的城市，这样的时代，无论走到哪里一有空就会想到最为无聊又最为恰切的事情，为什么这些念头成为一生的持续？我热衷于讨论、分析，越是这样越像上了瘾？我心里把它诅咒了一千遍还不够吗？

我知道够了够了。

12

人生没有办法。

13

吐露思想亦即“自我享受”，坐在一个木凳上，或就立于某处，以言语的方式，以一种困难去思考，凝思，目光所及，使之敞亮，变形，折弯，脱序，只是为了抵达困难。他会发现无数的遗忘，遗忘也曾是被遗忘的，如果从不被触及。即使明白那里早已是混沌一片。凝思使自我真实映现在物之中。

轻轻握笔，怀旧一般做一个总是不断停顿的记录者。

14

巴丢曾说，一个人如果不继续思考，他从前的思考还有意义吗？思考的意义就在于持续地思考，是沿着思的轨迹，一种不能自止的爆破。因为每个人都面对自己的墙。

而这个巴丢是谁呢，他真的是另一位真实生存的哲学家吗，我存疑。

我是在某天夜里早早醒来，记下这些的。

15

坐在黑暗中身体存在之镜映照出另一个更虚无的自我。人的内心独白必须通过不断过渡才能达到，它并非自由流出，所有的积蓄终究构成原先自己所不知晓的力量，同时此力量本身同样具有反向的压力，一个人如孕妇般负荷于属于自己的创造。正如俗语所言，这就是受罪的样子。

16

常常我们是以等待的方式，期待事物变好的。

因为它已经过了我们期待它变好的“有效期”，我们也变得无法守持，无法安慰自己。

所以我们时时嗫嚅不清，在含混中停顿，在凌乱中划出一条以为有意义的线条。

这样的世界，变得有自己的张弛感，可以认为是之前早已有过的，细加辨认，却浑然无知。

17

我总是有自己的困顿时间，现在的问题要比这更严重了。我的眼睛已经不适于长时间的阅读。我的阅读蒙上了一层不安。今天我已经做过的事，接着再做就是这样。只愿闭上眼睛，记忆正在失去，我读过什么也不一定记得，甚至在我认真回想时也不大记得。这大概就是所谓的“读者之疾”，我接近于一种“返回性”的生活，一点一点交出曾经拥有的，努力守住心里剩下的感觉，这样就会使人虚妄却不沉重。因为返回就是使自己变轻。